Arsène Lupin 亞森・羅蘋冒險系列 12

La Demeure mystérieuse

奇怪的屋子

莫里斯・盧布朗／著
吳欣怡／譯

好讀出版

推薦序

封閉空間的智力對戰

——談《奇怪的屋子》

推理作家　既晴

本書《奇怪的屋子》出版於一九二八年，是羅蘋冒險系列的第十部長篇。從故事基調來看，本書脫離了初期羅蘋冒險長篇解謎尋寶、神偷鬼盜、歷史探祕的主題，將重心放在智力斡旋、布局反撲，強化冒險、對決的元素，並設法將懸疑與浪漫的氣氛融合爲一，篇幅雖不甚長，但劇情百轉千迴、層層翻疊，且不時點綴幽默，屬於莫里斯・盧布朗力圖再創新意的後期轉型作。

話說從頭。在莫里斯・盧布朗三十多年的創作生涯裡，一共完成了羅蘋冒險系列十五部長篇、五部短篇集，以及一部戲劇。從第一部短篇集《怪盜紳士亞森・羅蘋》（*Arsène Lupin gentleman cambrioleur*，1907）起，到第一次世界大戰爆發前，是羅蘋確立其風格、形象的黃金時期。這段時期的盧布朗，專心致志地塑造羅蘋的角色樣貌、建構系列的基本故事型態，並試圖將推理小說的詭計重新包裝，應用在盜賊小說中。

與拘謹冷靜的英國式偵探形象截然不同，羅蘋一開始被創造出來時，是熱愛自由、浪漫多情、

狂野不羈、膽大心細、唯我獨尊，而且遊戲人間的。他不但無視於法律的規範，進出警局、監獄、圍城如入無人之境，更善於喬裝，扮演各階層、各領域的職業，使用多種假名，成為社會裡無法掌握、無法定義的人物。如此角色，自有一套獨特的行事原則——求搜盡天下珍寶，「君子愛財，取之有道」；願識盡人間美色，「窈窕淑女，君子好逑」。即使遇有困難也絕不放棄，亦無人能夠阻擋，冒險性格，與生俱來。

從上述羅蘋的原始設定出發，使初期的羅蘋冒險具有下列三大特徵。首先，是警察、偵探、惡棍的大亂鬥。例如在《奇巖城》（*L'Aiguille creuse*，1909）裡有十七歲少年偵探伊席鐸・伯特雷、諧仿夏洛克・福爾摩斯（Sherlock Holmes）的英國偵探福洛克・夏爾摩斯（Herlock Sholmès）、長期追查羅蘋下落的葛尼瑪探長，各路高手大顯神通，奇招盡出；或是《水晶瓶塞》（*Le Bouchon de cristal*，1912）裡的邪惡議員多布雷克及神祕女煞克拉蕾絲・邁爾吉之間，三人凶險萬分的搏命對決，在在展現了盧布朗在書寫智力對戰情節的雄心。其次，在羅蘋冒險系列中經常出現被歷史洪流掩蓋的大謎團。有宏偉壯觀的布局，如《８１３之謎》（*813*，1910），也有小巧玲瓏的設計，如〈影子標記〉（*Le signe de l'ombre*，1911）。這些謎團往往在曖昧難解的斷簡殘篇裡透露出蛛絲馬跡，羅蘋必須設法破解字謎、密碼，才能找到藏匿於歷史暗處的大財寶。而在危機四伏的尋寶過程中，羅蘋憑著過人勇氣，深入龍潭虎穴，雖千萬人吾往矣。第三，除了行俠仗義、英雄救美的使命感之外，羅蘋感情豐富、有愛則生的個性，使他深受女性角色愛戴，不僅讓他多次化險為夷，對方甚至願意以身相許、同走天涯。

這項特徵，除了《羅蘋的告白》（*Les Confidences d'Arsène Lupin*，1913）收錄的短篇〈結婚戒指〉、〈死神遊蕩〉有所著墨外，尤其在《奇巖城》裡發揮得最是淋漓盡致，至死不渝，令人動容。

第一次世界大戰爆發後，同樣的時間，羅蘋在《８１３之謎》裡投崖僞裝死亡。此後，屬於羅蘋冒險系列中期，羅蘋在故事中退居第二線，不再擔綱主角，而是逆轉困局的協助者。這段時期的盧布朗，對於羅蘋過往君臨天下、所向無敵的故事模式，恐怕已心生厭倦，因此改採其他人爲主角，如《黃金三角》（*Le Triangle d'or*，1917）的貝爾瓦爾及《棺材島》（*L'Île aux trente cercueils*，1919）的薇洛妮克，以「堅持一己信念的謎團追蹤者」之著眼點切入，結合驚悚氣氛、女性冒險元素，賦予羅蘋故事嶄新的風貌。而第一次世界大戰的時代動盪，與故事緊密相依，也是這段時期的特色。

從羅蘋年譜的角度來看，解決《虎牙》（*Les Dents du tigre*，1920）時的羅蘋，早已年過四十，不復英姿煥發，初期所設定的主角屬性不再適用，因此，盧布朗便決定回溯羅蘋的年少歲月，塡補當年幾樁大冒險之間的空白。後期的羅蘋冒險，盧布朗不再執著於製造故事的大格局、大謎團，反是力圖在單一主題中盡可能設計出多重變化。前、中期羅蘋冒險故事的種種特徵，雖同樣能在這段時期的作品裡發現類似的延伸，但，處理手法已經有所差異。例如，時間發生在《８１３之謎》之前的短篇集《八大奇案》（*Les Huit Coups de l'horloge*，1923），是羅蘋化名爲雷利納公爵，爲了追求眞愛而展開一連串破案旅程的故事。這部作品不只回歸早期精練扼要、重視謎團的風格，其書名原義爲「八聲鐘響」，更是盧布朗對「時限破案」的主題，追求簡約表現的象徵。

本作《奇怪的屋子》同屬此類後期作品，故事發生時間早於《八大奇案》，而在《奇巖城》之後。盧布朗將主要的場景調度集中在一棟沒落貴族居住的豪宅裡，猶如舞台劇般操作，在「封閉空間」中挑戰創作的極限。

大戰結束後，是羅蘋回到法國的沉潛之時，首先他捨棄了佩雷納的西班牙貴族身分，先是化身爲私家偵探吉姆·巴內特，再喬裝成駕駛遊艇環遊世界的航海冒險家尚恩·艾納里。艾納里與珠寶富商馮烏朋，一同出席一場在芭蕾舞表演中場休息時間所舉辦的慈善服裝發表會，結果發生劇團女演員雷吉娜·奧布里在展示鑲鑽禮服後遭人綁架的事件，其後，雷吉娜被送回，但鑲鑽禮服則被神祕歹徒奪走。曾在案發現場目擊歹徒的另一名模特兒愛蘭緹·瑪佐拉，八天後也遭神祕歹徒綁架，她被帶到一處不知方位的華麗宅邸囚禁。愛蘭緹趁隙脫逃，安全抵家，並且在艾納里的協助下，追蹤到梅拉瑪伯爵的豪宅。

在以往的羅蘋冒險故事中，豪宅通常是羅蘋下手偷竊財寶的目的地，然而，從頭到尾都圍繞在豪宅的長篇故事，卻是前所未見。乍看之下並不複雜的舞台，盧布朗依然能應用他最擅長的歷史謎團設計，爲豪宅勾勒出一段隱沒於時光隧道的奇妙祕辛。偵探人物除了艾納里以外，尙有負責調查綁架案的貝舒警長、伯爵友人安東尼·法傑霍，各方人馬鬥智交鋒，熱鬧非凡，不過，對決過程已不似早期冒險系列那般遊走鋼索之上，稍有不愼隨時可能喪命、就逮，反而在追求浪漫戀情的包裝下，爲佳人芳心、男子漢的一口氣而爭，呈現了輕鬆詼諧的閱讀況味。

推薦序

承先啟後的開創之作

推理作家　寵物先生

一九二八年二月，短篇集《名偵探羅蘋》（*L'Agence Barnett et C*^{ie}，或譯：《巴內特偵探社》）問世，該書不僅在羅蘋冒險系列，就連在偵探小說史上也有著特殊地位。在這一系列故事中，盧布朗塑造出一位頗具個性的惡漢偵探吉姆・巴內特（同時也是羅蘋分身），他一改以杜邦爵士、夏洛克・福爾摩斯爲首的偵探正直形象，雖標榜「調查免費」，卻往往在破案後揩了一筆莫大的油水，也令葛尼瑪探長的弟子貝舒刑警恨得牙癢癢。如此充滿黑色幽默的異色設定，可說是當時偵探小說的新風貌。

或許是巴內特（即羅蘋）與貝舒的互動太有趣，該年六月盧布朗就以此二人爲要角，開始連載本作《奇怪的屋子》。有趣的是，這回羅蘋又換了個名字，他的新身分是航海家尚恩・艾納里，但貝舒警長旋即認出他是吉姆・巴內特，因此在本書中，他是冒險家艾納里，同時也是偵探巴內特與怪盜羅蘋，筆者曾在《羅蘋的告白》推薦序中提及羅蘋是怪盜、偵探與冒險家的「三位一體」，這點在本作藉由姓名、身分的標識更爲顯著。

一向對巴內特懷有敵意的貝舒，到了下一部長篇《古堡驚魂》（*La Barre-y-va*）時，已與羅蘋萌生奇特的夥伴關係，羅蘋甚至直呼貝舒的名字「堤歐鐸」，這之間的轉折或許可從《奇怪的屋子》瞥見端倪。貝舒登場的作品就這麼三部，喜愛巴內特、貝舒二人組的讀者自然不會錯過。

本作是結合「家族傳說」與「陰謀犯罪」的故事：女藝人雷吉娜在時裝展被綁架，身上鑲有鑽石的禮服被奪去，一週後女模愛蘭緹也被擄走，經由兩人的證詞，艾納里追查到一棟古老宅邸的主人梅拉瑪伯爵兄妹，他們主張自己無罪，家族的冤獄歷史也讓艾納里覺得案情不單純，遂著手展開調查。

羅蘋在《奇怪的屋子》仍維持一貫的模式——案件調查期間與女性談戀愛（有時這才是主要目的），遭遇勁敵想盡辦法打倒之，最後破案時還不忘拿點好處。這樣的模式，或許你我都很熟悉，但角色們頗具特色的互動，卻更爲緊張的冒險點染上一片歡樂色彩。我們可以看到貝舒警長的暴躁彆扭、少女愛蘭緹的機靈聰慧，甚至是艾納里的「親吻療法」以及珠寶商馮烏朋台詞幾乎都是「鑽石！鑽石！」的橋段，都成了詼諧逗趣的元素。

然而本書最重要的，或許仍是推理小說的核心部分。在故事後段，羅蘋揭露了隱藏在舞台中的一個祕密，以現代的標準來看或許沒什麼，在當時可是相當嶄新的發想，其概念也被後世的作家如艾勒里・昆恩、江戶川亂步所沿用，甚至成爲日本新本格派某種類型的雛型。

這也使得《奇怪的屋子》不僅是角色發展的承先啓後，在詭計方面也展現出一定程度的開創性，成爲在羅蘋冒險系列中，具有獨特地位的作品了。

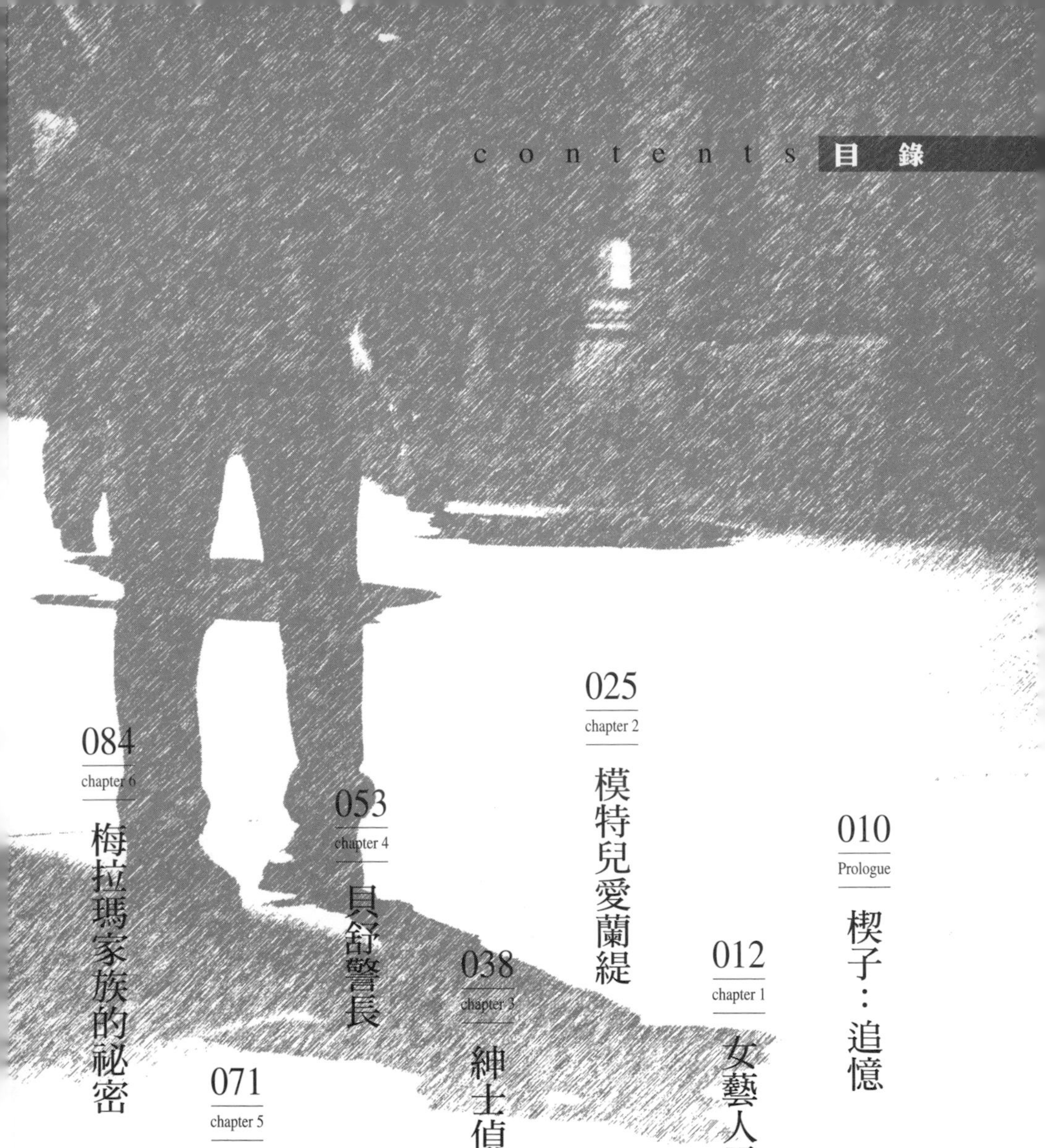

contents 目錄

Prologue 楔子：追憶

描寫本人冒險故事的作品，多半文筆生動，讀來有如身歷其境，我本身則從書裡發現，會冒險往往是由於「窈窕淑女，君子好逑」的衝動。那些美女彷彿希臘神話裡誘人的金羊，風情萬種，變幻莫測，令我心神嚮往。當必須改名換姓、喬裝易容時，總讓我覺得又展開一段新人生，而每段人生所擁有的，也是此生唯一且刻骨銘心的愛戀。

因此，回首過往，我發現拜倒在嘉麗奧圖、宋妮雅・克許諾夫、多蘿蕾絲・克塞巴赫或碧眼少女前的，並不是亞森・羅蘋，而是勞爾・安荷西、夏姆拉斯公爵、賽爾甯親王或里梅西子爵①。他們每位都與我不同，每位都獨一無二。見他們墜入情網，我也像個看戲的傻子般，跟著快樂、擔憂、歡喜、心痛，彷彿談戀愛的不是我自己。

儘管不認識這幾位冒險家，但他們等同我的兄弟，其中，或許我有點偏愛艾納里子爵，他是風度翩翩的航海家及偵探，力圖揭發奇怪屋子的祕密，只爲了贏得佳人愛蘭緹，一位巴黎小模特兒的芳心。

（節選自亞森・羅蘋未出版之回憶錄）

譯註：

①分別是羅蘋和與其相戀之女子，嘉麗奧圖（La Cagliostro）伯爵夫人和勞爾・安荷西（Raoul d'Andrésy）出現在《魔女與羅蘋》（*La Comtesse de Cagliostro*，1924），夏姆拉斯公爵（Duc de Charmerace，或譯：查爾莫拉斯公爵）和宋妮雅・克許諾夫（Sonia Krichnoff）出現在一九〇九年戲劇「羅蘋的冒險」中，多蘿蕾絲・克塞巴赫（Dolorès Kesselbach）和賽爾甯親王（Le prince Paul Sernine）出現在《813之謎》（*813*，1910），碧眼少女（La Demoiselle）歐蕾麗・達司德（Aurélie d'Asteux）和里梅西子爵（Le baron de Limésy）出現在《碧眼少女》（*La Demoiselle aux yeux verts*，1927）。

chapter 1

女藝人雷吉娜

巴黎是個慷慨大方的城市，樂見娛樂與慈善相得益彰，眼下就有個美妙的點子得到熱烈迴響。歌劇院即將有場芭蕾舞演出，屆時將利用中場休息，安排一場慈善服裝發表會，由二十位美女、藝人、名媛秀出一套套華麗禮服，再經觀眾票選其中最美的三套，而設計這三套禮服的工作室可以均分晚宴門票所得。也就是說，工作室的女裁縫們有機會享受十五天的水鄉之旅。

活動一公布，短短四十八小時，從包廂到最便宜的座位全預訂一空。演出當晚，觀眾爆滿，人人盛裝出席，熱鬧非凡，離開演的時間越近，眾人的好奇心更是有增無減。

大家關心及談論的都是同一件事，大夥兒聊天的內容，全圍繞小甜心雷吉娜・奧布里打轉。雖然只是小劇團裡的新人，但外型亮麗出色，據說她會穿著由名設計師范莫內設計、鑲滿晶瑩裸鑽的絕美禮服現身。

令眾人感興趣的則是花邊新聞，珠寶富商馮烏朋追求小甜心好幾個月了，寶石大王能否贏得美人芳心呢？看來機會不小，因爲前晚小甜心雷吉娜在某個專訪中提到：

「明天我會以鑽石裝與大家見面。馮烏朋已經找了四位師傅到我家，著手爲禮服縫製鑽石，范莫內設計師也會在場監督。」

此刻，雷吉娜端坐在專屬包廂等待演出，仰慕她的觀眾紛紛走近一睹風采。「小甜心」的稱號，雷吉娜確實當之無愧。她有著獨特的氣質，融合了古典及現代美，既高貴純潔又優雅時尚，舉止動人，極富魅力。一件白鼬皮大衣裹住她迷人的香肩，藏起絕世經典的禮服。她面帶微笑，心情愉快，態度親切。包廂門口安排了三名體格壯碩的私家偵探站崗，個個都像英國警察般不苟言笑。

包廂裡站著兩位男士，一位是胖子馮烏朋，這位珠寶富商做了造型，雙頰故意弄得紅紅的，打扮成頭上長角的牧神模樣。沒人知道他的財富是怎麼來的。早期他專賣假珍珠，後來到處旅行很長一段時間，返國後即搖身變成珠寶界呼風喚雨的商人，卻絕口不提究竟如何辦到。

另一位男士也是雷吉娜的朋友，他站在暗處，體型精瘦結實，看來很年輕。他就是獨自駕駛遊艇環遊世界，大名鼎鼎的尙恩．艾納里。尙恩．艾納里三個月前剛下遊艇，就在上禮拜，與他結識沒多久的馮烏朋，把他介紹給雷吉娜認識。

芭蕾舞劇第一幕結束了，顯然沒什麼人認眞看。中場休息時，準備出場的雷吉娜跟包廂裡兩位男士交談了幾句。她對馮烏朋用詞尖銳且咄咄逼人，相反地，對艾納里卻是溫柔親切，極盡討好之能事。

「嘖！嘖！雷吉娜，」馮烏朋說：「挑逗快見效囉！我們這位航海家會被妳迷得神魂顛倒。想想，男人經過一年孤獨的海上生活，很容易燃起慾火的。」

馮烏朋哈哈大笑，他對自己粗俗的笑話總是捧場得很。

「親愛的，」雷吉娜提醒他，「要不是您先笑了，我大概永遠不曉得您講的是笑話。」

馮烏朋嘆了口氣，假裝悲傷。

「艾納里，聽我一句，別被這女人迷惑。我就是鬼迷心竅，才會如此不幸，甚至把不幸當寵幸。」他補上最後一句，笨拙地轉了個圈。

舞台上，服裝走秀開始了。每位參賽者會在台上停留約兩分鐘，或走或坐，展現儀態，跟服飾店的模特兒沒兩樣。

快輪到雷吉娜時，她站起來。「我有點擔心，」她說：「萬一沒拿到冠軍，乾脆舉槍自盡算了。艾納里先生，您會投給誰呢？」

「投給最美的。」他欠身回答。

「最美的禮服啊？」

「禮服對我不重要，重要的是美麗容貌及姣好身材。」

「是嗎？」雷吉娜說：「美貌與身材哪，那您應該會喜歡現在出場的這名年輕女孩，大家正鼓掌歡迎呢！她是薛尼茲旗下的模特兒，報紙提過她，她是自己設計服裝，再拜託同事幫忙完成。這孩子眞美！」

確實很美，年輕女孩纖細苗條，身段靈巧，舉止態度合宜，流露高雅氣質，玲瓏有致的身材配上一襲禮服，樣式雖然簡單，但剪裁俐落，展現出極佳的品味與創意。

「是愛蘭緹・瑪佐拉嗎？」尙恩・艾納里查了節目表問。

「對。」雷吉娜回應道，接著態度眞誠，毫不嫉妒地說：「如果我是評審，一定二話不說選她當冠軍。」

馮烏朋忿忿不平地駁斥：「雷吉娜，您的禮服呢？憑她那套廉價衣，哪能跟您的禮服比？」

「這跟衣服的價值沒關……」

「當然有關，雷吉娜，所以我才拜託您要特別當心。」

「當心什麼？」

「扒手啊！別忘了禮服上縫的可不是桃子核。」

他哈哈大笑，尙恩・艾納里也表認同。

「馮烏朋說得對，最好讓我們陪您出場。」

「絕對不行。」雷吉娜反對道：「兩位說的我明白，我會盡量小心，但我可不想在歌劇院舞台上出醜。」

「反正，」馮烏朋說：「有貝舒警長在。」

「您認識貝舒？」艾納里一臉感興趣的樣子，「是那位跟神祕的吉姆・巴內特合作而聲名大噪的貝舒嗎？名偵探吉姆・巴內特？」

「唉呀！千萬別跟他提起惡徒巴內特，他會氣死。巴內特似乎把他耍得團團轉！」

「是啊！我聽說了，像金牙男的故事，還有貝舒的十二張股票①，所以是貝舒負責保護您的鑽石啦？」

「是的，他出遠門旅遊兩個禮拜，不過我花了大錢請他找來三位經驗老到的偵探，就是門口那三位。」

艾納里提醒他：「有心人眞要搞鬼的話，就算派一支軍隊也無濟於事。」

雷吉娜在偵探陪伴下，離開包廂走進後台。她排在第十一位，在前一位參賽者退場後的短暫空檔，眾人莫不引頸企盼。全場鴉雀無聲，屏息以待。

突然，一陣歡聲雷動：雷吉娜出場了。

觀眾爲雷吉娜的絕美秀色、典雅脫俗而瘋狂。甜美可人的雷吉娜與精緻奢華的禮服確實十分相襯，但眞正吸引眾人目光的，還是一顆顆耀眼的鑽石。雷吉娜的腰間繫上鑲滿寶石的腰帶，銀色絲質長裙傾落而下，而緊緊包覆她豐滿胸部的馬甲，看來完全是以鑽石縫製而成。鑽石閃閃發亮，七彩交錯，雷吉娜的上半身籠罩繽紛一片。

「天啊！」馮烏朋說：「想不到這些小石頭能這麼美！跟這小壞蛋可真配！她出身哪個名門？我看根本是女皇吧！」

接著，他帶點嘲弄口吻說：「艾納里，跟您說個祕密。您知道爲何我肯拿這些小石頭裝扮雷吉娜？主要是準備哪天她點頭答應跟我一起時，送她鑽石禮服當禮物，當然，是跟我一起同居啦！」他噗嗤一笑，「然後，爲了保護這些鑽石，再派幾名保鏢在她身邊，他們知道她的一舉一動，多少會跟我提供點情報。倒不是擔心情敵，但我這人就是謹愼，這是我的優點！」

他輕拍朋友的肩，似乎暗示他：我的好朋友，別打雷吉娜主意。

艾納里順勢說道：「馮烏朋，您大可放心，朋友妻不可戲，再說我從不對女人動心。」

馮烏朋皺了皺眉。尚恩・艾納里語氣一如往常，帶點揶揄及戲謔，聽在耳裡多少參雜侮辱的意味。

他決定多花點心思在這人身上，於是走近探問：「我想知道您是否把我當朋友看呢？」

艾納里反倒抓住他的手臂。「別說話……」

「啊？什麼？您這是做什麼？」

「別出聲。」

「怎麼了？」

「有點奇怪。」

「哪裡怪？」

「後台。」

「怪在哪？」

「怪在您的鑽石。」

「什麼？」馮烏朋大吃一驚。

「您聽。」

馮烏朋豎起耳朵仔細聽著。

「我什麼都沒聽到。」

「或許是我弄錯了，」艾納里承認：「但我剛才眞的聽到怪聲……」

他還沒說完，樂隊區及前幾排座位的地方起了騷動，大夥兒全盯著舞台後方，有人甚至慌張地站起來，艾納里知道情況不太對勁。此時，兩位穿燕尾服的先生跑上舞台，現場突然一陣鬧哄哄。舞台工人瘋了似地大喊：「失火啦！失火啦！」

舞台右邊冒出火光，竄起一縷輕煙。所有的演員及後台員工都往舞台左邊逃離。當中一位頭上披著毛皮大衣的男子，揮舞著雙手，像舞台工人那般大叫：「失火啦！失火啦！」

雷吉娜也想逃，但雙腿不聽使喚，硬是跌了一跤，動彈不得。那個大叫的男人用大衣裹住雷吉娜，將她扛上肩，混在逃命的人群中揚長而去。

在這個男人行動前，甚至可能是上台前，包廂裡的尚恩・艾納里已站起來，試圖控制住一樓因驚慌而瞎闖的觀眾，他大聲叫道：「大家別動！這是陷阱！」

然後指著帶走雷吉娜的人大喊：「攔住他！攔住他！」

但已然來不及，沒人發現出事了，觀眾席還算冷靜，舞台上則依舊亂哄哄，根本聽不見艾納里的聲音。艾納里急著穿過包廂及樂隊區，敏捷地爬上舞台，跟著失控的人群走到後台出口，剛好在歐斯曼大道上。可是上哪兒找雷吉娜・奥布里？該問誰呢？

他四處詢問，沒人目擊事發經過。混亂中，大家只顧著自己逃命，歹徒可以輕易帶著雷吉娜，穿過走廊及樓梯離開，根本不會有人注意。

胖子馮烏朋氣喘吁吁地跑來，臉上的腮紅夾雜汗水，從雙頰流下。

艾納里對他說：「託您鑽石的福，雷吉娜被帶走了！現在恐怕已經上了接應的車子。」

馮烏朋從口袋掏出一把左輪手槍，艾納里抓住他的手腕。

「您不是要自殺吧？」

「見鬼了，當然不是！」馮烏朋說：「我是要殺人。」

「殺誰？」

「小偷啊！我們要找到他！非找到不可。翻天覆地也要找到！」

他失去理智，急得像陀螺般團團轉，大家都忍不住笑起來。

「我的鑽石！我不會罷休的！怎麼可以這樣！政府要負責……」

*　　*　　*

艾納里沒猜錯。那名歹徒給雷吉娜裹上大衣，然後把她扛在肩上，穿過歐斯曼大道，往莫卡度路的方向走去，車子早已等在那兒。那人靠近車子，車門隨即打開，一個頭上蒙著蕾絲面紗的女人伸出手。那人把雷吉娜交給她時說：「行動成功了，眞不敢相信！」

然後他關上門，回到前座發動車子。

雷吉娜沒有昏睡太久，她十分恐懼。被人帶離事故現場時她就醒了，她一直以爲發生火災，所以當下第一個念頭只想感謝這個救命恩人，卻立刻發現自己被蒙住頭，不但呼吸困難，也無法得知外面的情況。

「發生什麼事呢？」她喃喃自語。

有人湊在她耳邊低聲說話，似乎是女人的聲音。

「別動！妳敢叫我就一刀殺了妳，美人兒。」

雷吉娜感到肩膀一陣劇痛，不禁叫出來。

「沒事，」女人說：「不過是刀尖罷了，要我刺進去嗎？」

雷吉娜不敢亂動，但她漸漸有了頭緒，她回想當時的情景，先是火苗，然後是火災。她心想：「我被綁架了！有人趁亂綁架，還有共犯接應，要帶我走。」

歹徒沒綁住她的手，她悄悄摸索一下，發現鑽石馬甲還在，而且完好無缺。

車子行駛速度相當快，被蒙著頭的雷吉娜完全不知道走到哪兒了。她覺得車子常急轉彎，應該是想避開追捕，也可能不想讓她知道自己身處何方。

總之，車子沒經過收費站，表示還沒離開巴黎。另外，她覺得一直有強光照進車裡。

女人沒抓那麼緊了，包著她的外套露出一點空隙，雷吉娜這才瞄到抓住毛皮大衣那隻手食指上戴著戒指，上頭鑲有三顆成三角形排列的圓潤小珍珠。

大概過了二十分鐘，車子才減速停下。男人跳下駕駛座，先推開一扇沉重的大門，然後再開進庭院。女人則極力擋住雷吉娜的視線，並在同伴幫忙下，帶她下車。

他們登上六級石階，穿過鋪了地磚的大廳，再爬上鋪著地毯、扶手老舊的樓梯，總共二十五級，最後來到二樓的一個房間。

輪到男人開口，他在雷吉娜耳邊低聲說：「到了。我不喜歡動粗，只要您乖乖交出鑽石禮服，我保證不傷您一根寒毛。您答應嗎？」

「不。」雷吉娜立刻拒絕。

「眞要用搶的還不簡單，剛剛在車上就能搶了。」

「不行，不行，」她非常激動，「別碰這件禮服，不可以！」

那人說：「我冒著天大的危險，就是爲了這件禮服。馬上交出來。」

雷吉娜全身僵硬，男人走近她低聲說：「還是要我自己動手？」

雷吉娜覺得有隻粗糙的手抓住她的馬甲，觸碰她肩膀的肌膚，不禁大驚失色。

「別碰我！不准碰我！好吧！隨便你，我會照辦，但是別碰我！」

他退後幾步，待在她身後。裹著雷吉娜的毛皮大衣滑落在地，她認出是自己的衣服。雷吉娜精疲力盡地坐下。現在她才看見自己身處何方，她注意到那個頭戴面紗且準備替她脫下鑽石馬甲及銀絲長裙的女人，穿著黑絲絨滾邊的深紫色衣服。

這裡應該是客廳，燈火通明，空間寬敞，擺放著沙發及藍色絲質的椅子，牆上裝飾著品味不俗的掛毯，還有令人讚嘆的古典小圓桌、白色木雕，完全是路易十六時代風格。偌大的壁爐也是焦點，上方除了鏡子，還擺上兩只青銅盃及一座綠色大理石圓柱擺鐘。每面牆上皆裝有壁燈，天花板則垂掛兩盞精雕細琢的水晶燈。

在女人取走長裙及馬甲時，雷吉娜不自覺地記住所有細節。她身上只剩下一件簡單的銀色絲質毛衣，手臂及肩膀都露出來了。雷吉娜還發現木頭地板的紋路多變，應該是混搭不同材質的效果。此外，一張桃花心木腳凳也引起她的注意。

脫下禮服後，燈光突然熄滅。黑暗中，雷吉娜聽到有人說：「很好，您很識相，我們會送您回去。拿著，這是您的毛皮大衣。」

他們拿了塊薄布蓋住雷吉娜的頭，大概跟女人頭上那條差不多，然後又回到車上，順著來路返回，同樣遇到許多急轉彎。

「到了，」男人低語著，一邊打開車門讓她下車。「您瞧，沒那麼嚴重吧！這不是毫髮無傷回來了？但我建議您，不管您看到什麼，最好別吐露半句，鑽石被偷了，就這樣。其他都就忘了吧！我敬愛的女士。」

車子旋即開走了。雷吉娜拿下面紗，認出是托卡德羅廣場，離她住的亨利－馬爾丹街口相當近。她硬撐著往住處前進，雙腿顫抖，心跳加快，覺得自己隨時都會昏倒。就在氣力用盡時，發現有人朝她跑來，雷吉娜接著便跌落在尙恩・艾納里懷裡。艾納里扶著她到路邊的長椅坐下。

「我一直在等您，」他溫柔地說：「我想歹徒只要拿到鑽石，就會送您回來。不然留著您有什麼用？風險太大了。您休息幾分鐘吧！別再哭了。」

她啜泣著，突然卸下恐懼的她，很快就全心信賴眼前這個男人，儘管兩人認識不久。

「我好害怕，」她說：「現在還是很怕，那些鑽石……」

過一會兒，艾納里護送她回公寓，他扶著雷吉娜搭電梯，陪她進門。

他們發現驚慌失措、從歌劇院趕回來的貼身女僕及其他傭人。接著馮烏朋闖進來，瞪大雙眼問：「我的鑽石！您帶回來了，對嗎？雷吉娜，您應該拚死也會保護鑽石吧？鑽石呢？」

當他發現昂貴的馬甲及禮服皆被奪走時，不禁大發雷霆。

尚恩・艾納里喝令他：「閉嘴！沒看到女士需要休息嗎？」

「我的鑽石！不見了！天啊！貝舒在就好了！我的鑽石啊！」

「我會幫您找回來，現在別吵了！」

躺在沙發上的雷吉娜渾身發抖。於是，艾納里親吻她的額頭和頭髮，輕巧而不逾矩。

「這太誇張了吧！」馮烏朋氣急敗壞地大叫：「你到底在做什麼？」

「讓讓，」尚恩・艾納里說：「按摩能讓她放鬆，幫助神經系統鎮靜，引導氣血循環，身體會像暖流經過般舒適。」

在橫眉豎目的馮烏朋面前，他繼續愉快的按摩差事，雷吉娜恢復了氣力，而且似乎頗喜歡這種特殊的療法。

譯註：

①詳見《名偵探羅蘋》（*L'Agence Barnett et Cie*）。

chapter 2

模特兒愛蘭緹

八天後的某個傍晚，設計師薛尼茲的客人，正陸續離開他在塔伯山路上開設的展示中心。愛蘭緹・瑪佐拉和其他同事待在模特兒休息室，忙了一整天總算能閒下來做些喜歡的事，比如用紙牌算命、玩荷蘭牌或享用巧克力。

「答案揭曉，愛蘭緹，」其中一位叫道：「紙牌說妳會有冒險、幸福和財富。」

「很準啊！」另一位說：「愛蘭緹從歌劇院服裝秀那天晚上就開始走好運了。第一名呢！」

愛蘭緹說：「我不該得那個獎，雷吉娜・奧布里比我更好。」

「開什麼玩笑！大家都選妳啊！」

「他們不知道自己在做什麼，再說一發生火災，大部分人都跑光了，票選不準哪！」

「妳看看妳，老是這麼謙虛不搶鋒頭。不過雷吉娜・奧布里大概很生氣！」

「唉呀！哪有這回事，她還來看我，我保證她是眞心誠意擁抱我的。」

「應該是『嫉妒地』擁抱妳吧！」

「她何必嫉妒？她那麼美！」

助理送來晚報，愛蘭緹攤開報紙說：「啊！瞧，有鑽石竊案的相關報導。」

「唸給我們聽吧，愛蘭緹。」

「好的。『有關單位正持續調查日前歌劇院的神祕意外。法院及警局初步認定爲預謀犯案，意圖偷走雷吉娜・奧布里的鑽石禮服。由於綁架女藝人的歹徒，犯案時刻意遮住面孔，因此尚未掌握其外貌特徵。研判歹徒可能喬裝成送貨小弟潛入歌劇院，並在門邊放置一大束花。貼身女僕依稀記得看過他，說他穿著一雙淺色呢絨高筒靴。那束花應是以假替眞，上頭塗以易燃物質，極易著火。一旦發生火災，必會造成恐慌，歹徒便能趁亂奪走貼身女僕手上的毛皮大衣，再照計畫行事。目前沒有其他線索，因雷吉娜・奧布里經過多次詢問，仍無法詳述車子行經路線，亦不知歹徒及共犯的長相，至於那棟宅邸，也就是她被迫脫下貴重馬甲的案發現場，儘管雷吉娜提供了一些線索，卻幫助不大。』」

「要我單獨跟那對男女共處一室，我一定怕死了！」一位年輕女孩說：「妳呢？愛蘭緹？」

「我也是。不過我應該會反抗，當下我可不怕，事後才會昏倒。」

「妳在歌劇院有看到這個人嗎？」

「完全……沒看到！我只看到一個揹著人跑的黑影，但沒空多想，我自己也忙著逃命。妳們想想看，火災耶！」

「所以妳什麼都沒看到？」

「有，我看到馮烏朋的頭，在後台。」

「妳認識他？」

「不認識，但他喊叫得好大聲：『我的鑽石！千萬鑽石！太可怕了！災難啊！』然後他直跳腳，好像舞台燒到他一樣，大家都笑彎腰了。」

她站起來，開心地模仿馮烏朋跳來跳去，身上那套樣式簡單的黑色緊身洋裝，與那天她在歌劇院穿著的禮服一樣優雅動人。她的身材修長、穠纖合度，無人能比，容貌清秀細緻，擁有小麥色的肌膚，配上一頭漂亮的金色鬈髮。

「跳舞吧！愛蘭緹，既然都站起來了，跳吧！」

她不會跳舞，可是仍擺起姿勢，跨出舞步，彷彿來場即興的走秀表演。大夥兒覺得很有趣，玩得不亦樂乎。這些同事們都很喜歡愛蘭緹，大家都覺得愛蘭緹非常特別，上天必會賜給她財富與幸福。

「跳得眞棒，愛蘭緹，」女孩們叫著，「太迷人了。」

「我們這群就數妳最棒，好在有妳，我們才贏得三個去蔚藍海岸的名額。」

她在同事面前坐下，兩頰紅通通的，雙眼閃著光芒。她開口說話，聲音顯得不怎麼自信，混著雀躍、憂愁還有自嘲：「我不是最棒的，伊荷娜，我沒有妳的靈巧，也不像夏洛特認眞，更不比茱莉善良。我跟妳們一樣有人追求，可總是付出太多，超出我的負荷依仍選擇執著，我知道這樣下去不會有好結果。怎麼說呢？因爲沒人想娶模特兒，我們亮麗的外表讓他們沒有安全感。」

「妳擔心什麼呀？」其中一位年輕女孩說：「紙牌預言妳有財運。」

「財運？攀上有錢的老頭嗎？才不要哩，況且我還想做自己想做的事。」

「什麼事？」

「不知道，現在我頭腦一團亂，戀愛與金錢都想要。」

「都要？好樣兒的！爲什麼都要？」

「談戀愛是爲了幸福。」

「那錢呢？」

「還沒細想哩，不過就是我常跟妳們提的夢想跟抱負。我想變有錢，但不是爲自己，是爲了別人，爲了妳們，我親愛的夥伴，我眞的想……」

「繼續說嘛，愛蘭緹。」

她笑著，小小聲說：「有點可笑，像小孩子的想法。我想擁有很多錢，不是自己花，我會善加規劃。例如，用在資助大型服飾公司，建立新制度，提供健全的員工福利，特別是替女員工規劃『結婚基金』，這樣一來，妳們就無須顧慮太多，想結婚就結婚。」

她因自己可笑的夢想笑出聲，其他人卻是滿臉嚴肅，其中一位還擦著眼淚。

愛蘭緹接著說：「沒錯，結婚基金，是現金喔！我沒念什麼書，也沒文憑，但多少能用數字或拼字簡單記錄自己的想法，儘管還會拼錯字。像是年滿二十歲，就能動用結婚基金、頭胎也會提供補助，還有……」

「愛蘭緹，電話！」領班開門叫這年輕女孩。

她站起來，臉色蒼白焦慮。

「媽媽病了。」她低聲說。

大家都知道，在薛尼茲服飾店，只有像家人過世或生病這類重要來電才會轉接給員工。大家也知道愛蘭緹很愛她母親，她是私生女，上頭還有兩個當過模特兒的姊姊，都跟男人跑去國外了。

現場一片安靜，愛蘭緹不太敢去接聽。

「快點！」領班又喊了一次。

電話在隔壁房間，女孩們緊靠著半開的門，聽著愛蘭緹虛弱的聲音。她結結巴巴地開口：「媽媽病了，是嗎？心臟出問題嗎？您是哪位？是璐芳太太嗎？我不認得您的聲音……那麼，醫生？您說是哪位？布里古醫生，塔伯山路三之一號？已通知他了？要我跟他一道去？好，我馬上來。」

愛蘭緹渾身顫抖，說不出話，她抓起壁櫃裡的帽子匆忙離開。其他同事急忙擠向窗邊，看著她在路燈下邊跑邊找門牌號碼，直到路口左邊，大概就是三之一號的地方才停下來。有輛車停在那兒，人行道上站著一位男士，只隱約看得見他的身型及淺色靴子。他發現愛蘭緹，跟她交談幾句。兩人上車後，車子往另一條路駛離。

「真奇怪，」一位模特兒說：「我整天在這條路走來走去，從沒見過那裡掛著醫生招牌呀。三之一號的布里古醫生，妳認識嗎？」

「不認識，招牌也許掛得比較裡面，所以看不到。」

「不然，」領班提議：「我們來查查電話簿，那裡面有全巴黎的資料。」

眾人快步走向隔壁房間，七手八腳地抓著小桌子上的兩本電話簿，快速翻閱。

「就算三之一號有布里古醫生，或隨便哪位醫生，也沒登記電話。」一位女孩說。

另一位跟著附和：「全巴黎沒有哪位叫布里古的醫生，塔伯山路上沒有，別處也沒這號人物耶。」

這下子大家開始緊張了，大夥兒議論紛紛。事情不太妙，領班認為應該要通知薛尼茲先生。薛尼茲先生立刻就趕來了，此人年紀很輕，臉色蒼白，其貌不揚，穿著像工人。他態度沉著，腦中飛快地想著對策，得是個面面俱到的說法。

「算了，不想了，」他說：「我看也不用拐彎抹角，就直說了吧！」

他冷靜地拿起電話，請接線生撥號。接通後他說：「喂！是雷吉娜．奧布里小姐家嗎？麻煩您告訴雷吉娜．奧布里小姐，薛尼茲來電，設計師薛尼茲。謝謝！」

他等了一會兒，接著說：「是的，雷吉娜小姐，我是設計師薛尼茲，雖沒榮幸為您服務，但我這邊有點狀況，才想打個電話給您。主要是我旗下的一名模特兒……喂？對，就是愛蘭緹．瑪佐拉，您人實在太好了，不過我一定要說，我本人可是投您一票，就是您的禮服，歌劇院那晚……啊！不好意思，我得回到正題。雷吉娜小姐，愛蘭緹．瑪佐拉很可能被綁架了，而且恐怕跟擄走您的是同一人。因此我想，您或有關人士大概會想知道此事。喂！您在等貝舒警長？太好了！雷吉娜小姐，我已經把事情都告訴您囉！」

薛尼茲掛上話筒，離開時補了一句：「該做的都做了，沒事了。」

＊　　＊　　＊

愛蘭緹．瑪佐拉的遭遇幾乎與雷吉娜．奧布里一模一樣。車子裡坐了個女人，自稱醫生的人介紹道：「這是我太太。」

布里古太太頭戴面紗。天色已黑，愛蘭緹一心掛念著母親，連醫生長什麼樣都沒看清楚，就忙不迭詢問母親的病情。對方聲音沙啞，回她說是之前的病患璐芳太太來電告知鄰居生病了，請他火速前來看診，順道接病人的女兒前往，至於剩下的事他也不清楚。

汽車沿著雷弗利路，往協和廣場方向前進。經過廣場時，女人拿了一條毯子蒙住愛蘭緹的頭，然後拿尖刀頂住她的肩膀。

愛蘭緹掙扎著，雖然害怕，卻也不免寬心。畢竟歹徒是爲了抓她才捏造媽媽生病，媽媽應該沒事，綁架她恐怕另有原因。她決定停止掙扎，保持冷靜，靜觀其變。

愛蘭緹此刻經歷的，與雷吉娜如出一轍。車子同樣在巴黎城內急馳，也有多次的急轉彎。雖然她沒看到女人的手，倒是瞥見她的皮鞋相當尖。

另外，尚能聽到兩名歹徒片段的對話內容，他們壓低音量以確保不讓她聽清楚，但有句話仍是讓她聽完全了。

「你錯了，」女人說：「你錯了，應該多等幾個禮拜再動手，歌劇院事件才發生沒多久而已，這樣太快了。」

女孩恍然大悟，照雷吉娜向檢方供稱的，這兩人顯然是擄走她的歹徒。假醫生布里古就是在歌劇院縱火的人。但爲何要攻擊她？她什麼都沒有，沒有令人覬覦的鑽石馬甲，也沒有任何珠寶？這樣一想，愛蘭緹反而感到安心。沒什麼好怕的，等他們發現抓錯人，就會放她回去了。

此時傳來沉重的開門聲。愛蘭緹想起雷吉娜的描述，猜想自己正進入庭院。下車後來到台階前，她邊走邊算，共有六級；接著便來到大理石大廳。

她得竭力保持鎮定，否則一定會失控亂喊、大聲呼救。就在男人推開廳門時，女人在地板上滑了一下，鬆開了緊抓著愛蘭緹肩膀的手。趁這幾秒鐘的空檔，愛蘭緹想也沒想，隨即扯下頭上的布往前衝，飛快爬上樓，穿過迎賓室，躲進某個房間，小心翼翼地將門關好。

房裡開著燈，但因燈罩厚重，僅透出微弱的光線，無法照亮整個房間。怎麼辦？該往哪兒逃？房裡有兩扇窗，她試著打開其中一扇，卻開不了。愛蘭緹很害怕，她知道那兩人還在外面，萬一他們開始逐一搜查房間，總有找到這間的時候，到時又會落入他們手裡。

她聽見開門的喀啦聲，決定先躲起來再說。靠牆的地方擺了一張椅子，她爬上椅背，然後快速攀上大理石壁爐，沿著鏡子走到另一端。那兒有座很高的書櫃，她大膽地把腳放在青銅盃上，成功抓住書櫃上緣再爬上去；也不曉得如何辦到的，當兩名歹徒闖進房間時，愛蘭緹已經躺在書櫃上方，書櫃上緣遮住她大半身體。

其實歹徒只要抬頭，就能看見愛蘭緹藏身之處，可是他們只顧著搜索房內其他地方，沙發底部、扶手椅下方及窗簾後面全沒放過。愛蘭緹從大鏡子看到他們的身型，但仍看不清楚長相，談話內容也很模糊，因爲他們音量低到幾乎聽不見。

「不在這裡。」男人最後說。

「會不會逃到花園裡？」女人提醒道。

「不可能，窗戶是關著的。」

「那小房間呢？」

原來在房間左側，也就是壁爐及兩扇窗的中間，各有一區往內凹的空間，以前主要是用移動式的隔板，隔出小房間來使用。

男人拉開隔板。「沒人。」

「那怎麼辦？」

「我也不知道，這下麻煩大了。」

「怎麼說？」

「萬一她逃走呢？」

「怎麼逃？」

「是沒錯，其實逃不了。啊！討厭的小姑娘，讓我逮到，她就完了！」

兩人關了燈，離開房間。

壁爐的鐘響了七聲，聲音略顯刺耳，是那種舊式的金屬敲擊聲。

愛蘭緹聽著鐘敲過八點、九點、十點，她一動也不敢動，男人的威脅讓她蜷縮發抖。

直到過了午夜十二點，四周一片寂靜無聲，愛蘭緹想應該行動了，她爬下書櫃，結果青銅盃一個不穩竟然掉落地板，發出碰撞聲，年輕女孩嚇呆了，差點踉蹌跌倒。不過沒人進來，她趕緊把青銅盃放回原位。

外頭照進強光。她靠近窗戶，發現皎潔月光灑在花園的草坪上，草坪周邊則種滿灌木叢。

這次順利打開窗戶，她探頭出去，發現這一面地勢較高，因此窗戶離地不到一層樓的高度。她不加思索跨過陽台，縱身一躍，跌落石子地，所幸毫髮未傷。

等雲遮住月亮，愛蘭緹才快速穿越毫無遮蔽的空地，躲入透不進光的灌木叢裡。她屈身順著灌木叢前進，來到一處牆腳下，月光灑滿磚牆，但牆太高，她絕對無法翻越。牆右側有間小屋，似乎沒住人，窗戶是關著的。她慢慢靠近小屋，小屋前方的牆上有一道上了閂的門，鎖頭上還有把大鑰匙。她拉開門栓，轉動鑰匙，要把門打開。

時間緊迫，她最好開了門就跑，因爲她已看到後方有人影朝她追來。門外就是街道。

馬路上空無一人，愛蘭緹轉頭發現對方距離大約五十步之遙，人影似乎快追上她了。恐懼逼著她狂奔，儘管已經上氣不接下氣，仍不停奔跑，她滿腦子只想著不能再被捉住。

突然，她全身力氣頓失，雙膝一軟，差點跌倒。這時她已站在人來人往的熱鬧街上。一輛計程車停在她面前，她報上地址，把門關好，這才從車窗發現歹徒也衝進另一輛車，準備追上來。

車子開過數條街道，歹徒還跟著嗎？愛蘭緹不知道也不想知道。突然他們來到一個小廣場，那兒是計程車招呼站，路邊停了一整排車。她拍打車窗。

「麻煩停車，司機。這是二十法郎，請繼續往前開，開快點，甩掉追我的車。」

接著，她跳上另一輛計程車，跟司機說了地址。「蒙馬特，維安爾路五十五號。」

她安全了，但也累得昏過去。

她在自己房間的沙發上醒來，身邊跪著一位陌生男士。母親心急如焚地盯著她看，愛蘭緹試著對媽媽笑。

那位先生對她母親說：「先別多問，夫人。不，小姐，您也別說話，先聽我說。您的老闆薛尼茲先生通知雷吉娜．奧布里小姐，說您也被綁架了，且情況如出一轍，因此立刻通報警方。之後，我的朋友雷吉娜．奧布里告訴我這件事，所以我才會到這兒來。您的母親跟我，整晚在屋外守候。我想搶匪應會比照雷吉娜模式放您回來。我問計程車司機您從哪兒上車的，他只說是勝利廣場。不，您別激動，等明天再把事情經過告訴我們吧！」

年輕女孩渾身顫抖，發著高燒，歷劫歸來的記憶像夢魘般讓她輾轉難眠。她閉上眼睛低聲道：「有人上樓來了。」

這時候，有人按門鈴。

愛蘭緹的母親走過小客廳去開門。接著傳來兩個男人的聲音，其中一個大聲說：「夫人，我是馮烏朋，鑽石禮服的主人。我得知令嬡遭擄，立刻和剛旅行回來的貝舒警長加入追捕行列。我們剛離開警局，就趕來這裡。門房說愛蘭緹．瑪佐拉回來了，所以，貝舒警長和我想快點跟她問點事情。」

「但是，先生……」

「此事非常重要，夫人，這關係到我失竊的鑽石。是同一幫歹徒，一分鐘都不該浪費……」

不待對方答應，他便逕自闖進屋裡，貝舒也跟了進去。映入眼簾的景象似乎讓他大吃一驚。年輕女孩躺在沙發上，他的朋友尚恩．艾納里跪在沙發邊，正親吻著女孩的額頭、眼皮和雙頰，動作輕柔，神情專注又嚴肅。

馮烏朋結結巴巴地說：「艾納里！是您！您在這兒做什麼？」

艾納里捂口請他安靜。「噓！不要這麼大聲，我正幫她平靜下來，這是最好的方式。瞧她放鬆多了……」

「可是……」

「明天，等明天，我們約在雷吉娜．奧布里家。至於這兒，讓病人好好休息，別擾亂她的心神，明天早上再說。」

馮烏朋被弄糊塗了，愛蘭緹．瑪佐拉的母親也一頭霧水。但眞正驚駭到目瞪口呆的，則是站在旁邊那位仁兄，也就是貝舒警長。

貝舒身材矮小，蒼白精瘦，有雙強壯的手臂，裝扮也十分得體。他瞪大雙眼凝視尚恩．艾納里，像看到什麼恐怖的東西一樣。看來似乎認識艾納里，又好像不認識。他似乎想確認眼前這男人，在摘下年輕及笑容的面具後，是否會變成另一個人——對貝舒來說，一個等同魔鬼的人物。

馮烏朋介紹：「這位是貝舒警長，這是尚恩．艾納里先生。貝舒，您認識艾納里啊？」

貝舒滿腹疑問，一副欲言又止的樣子。他睜著圓眼，看著這冷靜的傢伙進行奇怪的療法……

chapter 3

紳士偵探艾納里

大家約了兩點在雷吉娜・奧布里家碰面。當馮烏朋抵達時，艾納里正與美麗的女演員及愛蘭緹・瑪佐拉說笑，一副輕鬆自若的態度，像在自己家一樣。三人似乎聊得非常開心。愛蘭緹・瑪佐拉看來心情愉悅，雖仍小露疲態，但歷經前晚數小時的身心煎熬，現在能這樣已經很不錯了。愛蘭緹的視線總是停留在艾納里身上，和雷吉娜一起附和他說的每句話，並開懷大笑。

馮烏朋還爲丟失鑽石而心痛不已，人生正陷入愁雲慘霧中，他很不高興地大叫：「見鬼了！三位竟然還笑得出來？」

「當然，」艾納里說：「愛蘭緹不再害怕。事實上，一切都好轉了。」

「當然啦！又不是您的鑽石被偷。至於愛蘭緹小姐，今天早報寫的全是她的冒險旅程。多好的曝光機會！只有我最倒楣。」

「愛蘭緹，」雷吉娜反擊，「別把馮烏朋說的放在心上，他沒什麼教養，講話不聽也罷。」

「親愛的雷吉娜，能講的可多了，您想聽嗎？」馮烏朋咕噥著。

「說呀！」

「好啊！昨晚，我撞見您親愛的艾納里跪在愛蘭緹小姐面前，正爲她進行兩週前幫助您復元的小療法。」

「這他們早就跟我說了。」

「啊！什麼！您不嫉妒嗎？」

「嫉妒？」

「小姐，艾納里不是正在追求您嗎？」

「是很像在追求我，我承認。」

「那您能接受？」

「艾納里的方法不錯，他只是做他該做的。」

「我看他樂意得很。」

「他人眞是太好了。」

馮烏朋哀嘆道：「啊！這個艾納里，運氣眞好！讓妳們服服貼貼的，其他女人也是。」

「其他男人也一樣，馮烏朋。就算您討厭他，也只能靠他找回鑽石。」

「沒錯，但我決定不用他幫忙了，因爲貝舒警長會想辦法，而且……」

馮烏朋話還沒說完，一轉頭，發現貝舒警長站在門口。

「警長，您已經到啦？」

「剛到。」貝舒回答，並對雷吉娜・奧布里彎腰行禮，門還半開著。

「您聽到我說的話了？」

「是呀！」

「那覺得我的決定如何？」

貝舒面有慍色，態度不太友善，像前晚一樣緊盯著尙恩・艾納里，同時一字一句地回覆道：

「馮烏朋先生，雖然鑽石失竊時我不在場，是由我同僚負責看守，但我仍會參與調查，而且我已奉命至愛蘭緹・瑪佐拉小姐家進行調查。我也打開天窗說亮話，不論公開或非公開，本人絕不跟您任何一位朋友合作。」

「聽清楚了。」尙恩・艾納里笑著說：「清楚得不得了。」

艾納里一派從容，毫不掩飾他的驚訝。「天啊！貝舒先生，人家會以爲您討厭我的。」

「我承認。」對方不客氣地回答。

貝舒靠近艾納里，直衝著他問：「先生，您確定我們沒見過面？」

「有的，見過一次，二十三年前，我們一起在香榭麗舍大道玩滾木環，我絆到您害您跌倒，然後發現您一直都沒原諒我。親愛的馮烏朋，貝舒先生說得沒錯，我倆是不可能合作的。隨便您要怎樣，現在我要辦正經事，你們可以走了。」

「走？」馮烏朋說。

「當然囉！是我找你們來雷吉娜‧奧布里家。既然沒共識，只能說再見啦。請走吧！」

他坐在兩位年輕女孩中間，牽起愛蘭緹‧瑪佐拉的手。「美麗的小愛蘭緹，既然您恢復氣力，就別浪費時間，告訴我您的遭遇，任何細節都別放過。」

見愛蘭緹猶豫不決，他便又說：「別管那兩位男士，就當他們不在那兒，已經走了。所以，妳說吧！小愛蘭緹，我用『妳』而不是『您』，是因爲我已親過妳那比天鵝絨還柔軟的雙頰，所以能像情人般親暱稱呼了。」

愛蘭緹紅著臉。雷吉娜笑著，催促她快說。馮烏朋和貝舒也想瞭解事發經過，所以像兩尊蠟像般待在原處不動。

愛蘭緹開始敘述事情始末，好像只要艾納里開口，任何人，包括她，都無法說不。

他仔細聽著，不發一語。

雷吉娜偶爾會點頭稱是。「沒錯……六級的台階……對，鋪了黑白相間地磚的大廳……還有二樓，迎面就是擺設藍色絲質家具的客廳。」

當愛蘭緹說畢，艾納里雙手背在身後，在房裡踱步，然後額頭貼著窗，想了很久。最後他才開口：「棘手……棘手……不過仍有一絲曙光給我們照路呢！」

他重新坐回長沙發，對兩位年輕女士說：「妳們看，兩起事件很類似，犯案過程幾乎一樣，也已經確定歹徒是同一批人，現在該做的，就是找出兩案相異之處，只要能找到，離破案就不遠了。而我想了半天，我認爲歹徒擄走兩位最大的差異，在於動機不同。」

他頓了一下，不禁笑起來。

「我剛說的乍聽之下沒什麼，頂多跟警局查到的事實相同，但我敢打包票，這就是關鍵所在，能馬上釐清案情。美麗的雷吉娜，不用說，您會被綁架絕對與鑽石有關，就是讓勇敢的馮烏朋哭乾眼淚的鑽石！這點無庸置疑，我相信貝舒先生如果在場，他本人應該也會同意我的看法。」

貝舒沒吭聲，等他接下去說。

尙恩・艾納里轉向愛蘭緹。「至於妳，臉頰比天鵝絨軟的美女愛蘭緹，綁匪爲何要費盡心思綁架妳呢？妳全部的家當應該一個手掌心就放滿了吧？」

臉頰比天鵝絨軟的愛蘭緹不禁張開雙手。

「空空如也！」他叫道。「所以爲錢綁架並不成立，既然不是爲錢，大概就跟愛恨情仇有關，也可能是想用這種極端的手段迫使妳就範，或讓妳痛苦。恕我冒昧，愛蘭緹，請別害羞回答。妳有意中人嗎？」

「沒有。」她說。

「那有人暗戀妳嗎？」

「我不知道。」

「可是總有誰追求妳吧？皮耶或菲利普什麼的？」

她老實地糾正：「不，是奧克塔夫和雅克。」

「這個奧克塔夫和雅克是好人嗎？」

「是的。」

「所以愛恨情仇這動機也走不通了？」

「恐怕跟這無關。」

「還有別的嗎？」

「還有什麼？」

他彎腰傾向她，態度溫柔，希望她再想起些什麼。他低聲說：「再想想吧！愛蘭緹。別光想每天做了什麼或吃了什麼，也別管那些讓妳印象深刻或巴不得忘掉的事，重點是那種妳根本沒放在心上，甚至早忘得一乾二淨的事。妳沒遇過什麼奇怪或不尋常的事情嗎？」

她笑了。「真的沒有，完全沒有。」

「一定有，歹徒不可能臨時起意綁架妳。事前肯定會來番模擬規劃，妳應該有遇到怪事，只是沒特別留意，再好好想想。」

愛蘭緹拚命回想，努力思索艾納里說的，可能被遺漏的細節。

尚恩・艾納里又進一步問：「有沒有覺得被跟蹤？或覺得誰躲在暗處偷窺妳？還是曾有心裡發毛，像碰到靈異事件那種感覺？我指的不是明著來的危險，而是暗著來的威脅，會令人想問：『瞧……怎麼回事？好像怪怪的……要出事了嗎？』」

愛蘭緹的臉微微一蹙，眼神似乎聚了焦。

艾納里故意大叫：「有啦，想起來了！啊！可惜貝舒和馮烏朋這對寶不在場，說吧！可愛的愛蘭緹。」

她陷入沉思說：「早些日子，某位男士……」

愛蘭緹才開口，尚恩・艾納里便將她從沙發拉起，興奮地和她跳起舞來。

「有眉目啦！『早些日子』眞像童話故事的開場！老天！妳實在太可愛了，雙頰軟綿綿的愛蘭緹！那位男士怎麼了？」

她坐回沙發，娓娓道來：「大約三個月前，這位男士跟他妹妹一起來參加慈善服裝發表會，那天下午人很多，我本來沒注意到他，是同事跟我說：『妳知道嗎？愛蘭緹，妳迷倒一位了不起的人物囉！領班說他很慷慨，長期投身慈善事業，現在他可是目不轉睛盯著妳看。愛蘭緹，妳需要的錢有著落了。』」

「錢有著落，妳需要的？」艾納里插嘴道。

「同事只是在開我玩笑罷了！」她說：「因爲我老想替工作室成立救助基金，比如結婚基金，總之就是一堆夢想。接著，一小時後，我發現有位高大的男士在門口等我，還尾隨在後，我本來已經想好甩掉他的辦法，結果他跟到地鐵站就停住了。第二天，又發生同樣的事，接下來幾天都是。但我恐怕多心了，因爲一個星期後，他再也沒出現過。而幾天後的一個晚上……」

「晚上？」

愛蘭緹壓低音量。「是這樣的，有時候吃完晚餐，收拾完畢，我會留母親在家，獨自去拜訪一位住在蒙馬特的朋友。到她家前會先經過一條暗巷，每次我十一點回家時，從沒在巷子裡遇過半個人。那陣子，竟然讓我連續三次發現有人躲在門邊。前兩次對方沒動靜，但第三次，他離開藏身處擋住我去路。我驚叫出聲，拔腿就跑，所幸那人沒追上來。從此我便不走那條路了，就這樣。」

愛蘭緹講完了，她的話似乎沒引起貝舒和馮烏朋的興趣。艾納里卻問道：「爲何特別提這兩件事？妳覺得兩者有關聯嗎？」

「是的。」

「怎麼說？」

「我一直覺得躲在暗巷的男子不是別人，就是之前跟蹤我的那位。」

「爲何這麼肯定？」

「因爲第三次那晚，我正巧注意到那人穿著淺色高筒靴。」

「跟在大街上跟蹤妳的人穿一樣的嗎？」尙恩・艾納里興奮地大叫。

「沒錯。」愛蘭緹說。

馮烏朋和貝舒被弄迷糊了。雷吉娜則是激動地問：「愛蘭緹，妳忘了在歌劇院綁架我的歹徒也穿同一款靴子嗎？」

「啊！對耶！」愛蘭緹說：「我還眞沒想到。」

「而且綁架妳的傢伙也是，愛蘭緹，就是昨晚那名假醫生布里古。」

「對，眞的。」年輕女孩重複著，「我之前沒聯想到，現在回頭想想，的確是這樣。」

「愛蘭緹，我的可人兒，最後一件事。妳還沒說愛慕妳的男士大名，妳認識他嗎？」

「認識。」

「名字是？」

「梅拉瑪伯爵。」

雷吉娜和馮烏朋聽了都大吃一驚，艾納里雖驚訝，卻不動聲色，貝舒則聳聳肩。

馮烏朋大叫：「這太荒唐了！阿德安・梅拉瑪伯爵？我在幾個慈善委員會裡見過他，雖然毫無交情，但此人是百分之百的紳士，能跟他握手是我的榮幸。梅拉瑪伯爵怎可能偷我的鑽石！」

「我沒說是他偷的，」愛蘭緹打斷他，「我只是說出他的名字。」

「愛蘭緹說得對，」雷吉娜說：「她只是回答我們的問題。但梅拉瑪伯爵也的確不可能是跟蹤妳或綁架我們的人，這話要說給所有認識他們兄妹的人聽，沒人會信的。」

「他是穿淺色高筒靴沒錯吧？」尚恩・艾納里問。

「我沒注意，偶爾會穿吧！」

「他幾乎都穿淺色高筒靴。」馮烏朋斬釘截鐵地說。

他的回答讓現場一陣靜默。馮烏朋又說：「應是誤會，梅拉瑪伯爵可是無可挑剔的紳士啊。」

「我們去拜訪他好了！」艾納里乾脆地說。「馮烏朋，您不是有個在警局工作的好朋友貝舒大人嗎？他應該能帶我們進去。」

貝舒生氣地回說：「拜託，您以為民宅是能隨便進去的嗎？沒調查過，沒罪名，也沒搜索狀，憑幾段愚蠢的回憶就想進行偵訊？對，愚蠢。這半小時我聽到的全都愚蠢至極。」

艾納里喃喃自語：「我竟然說曾跟這笨蛋一起玩過滾木環！眞後悔！」

他轉向雷吉娜。「親愛的朋友，勞駕您打開電話簿查詢一下阿德安・梅拉瑪伯爵家的號碼。別指望貝舒大人了！」

他起身走到電話邊。沒多久，雷吉娜把話筒交給他，他說：「喂！請問是阿德安・梅拉瑪伯爵公館嗎？敝人是艾納里子爵，閣下是梅拉瑪伯爵先生嗎？先生，抱歉打擾您，主要是兩三個禮拜前，我在報上讀到您刊登的尋物啓事，上頭說您府上有些東西遭竊，像是鉗子的握把、銀製的燭台托盤、一副鎖頭、半截藍色絲質拉鈴繩等，均非什麼貴重物品，您卻視爲珍寶，應該有什麼特殊原因吧！對嗎，先生？總之，若您願意撥冗跟我見個面，在下或許多少能提供您有用的線索。今天下午兩點？好極了！啊！還有件事，敝人能否帶兩位女士一同前往，至於原因見面時再跟您說明可否？您眞是太好了，先生，萬分感激。」

艾納里掛上電話。

「如果貝舒大人在場，就能明白如何隨意進入民宅了。雷吉娜，電話簿裡頭有登錄伯爵家地址嗎？」

「雲飛路十三號。」

「所以是在聖日爾曼區。」

雷吉娜問：「但那些東西，在哪兒呢？」

「在我這兒。剛好在尋物啓事刊登那天買的，花了一小筆錢，十三法郎五十分。」

「那爲何不還給伯爵？」

「梅拉瑪這名字讓我想起另一起懸案。十九世紀時好像有樁梅拉瑪事件，之後我也沒時間打聽，不過這次會弄清楚的。雷吉娜、愛蘭緹，一點五十分波旁王宮廣場見。散會吧！」

會議頗有效率，半小時就足以讓艾納里掃除路障，找出該敲的那扇門。黑暗中，已摸清輪廓，目前的關鍵在於：梅拉瑪伯爵在此事中扮演什麼角色？

雷吉娜留愛蘭緹用午餐。艾納里比馮烏朋和貝舒晚個一、兩分鐘離開，卻在三樓樓梯間遇到他們兩位，貝舒正火大地揪住馮烏朋的上衣領子。

「不行，我不能眼睜睜看您走險路，更不想看到您被個騙子耍得團團轉。您可知道那人是誰嗎？」

艾納里走上前。「很明顯在說我，貝舒大人想洩我的底喔！」

他拿出身分證件。

「您瞧，是航海家尙恩・艾納里子爵。」他對馮烏朋說。

「笑話！」貝舒大叫，「你既不是子爵也不是艾納里，既不是艾納里也不是航海家。」

「貝舒先生，您可眞和氣。那您說，我到底是誰？」

「你是吉姆・巴內特！吉姆・巴內特就是你的眞實身分！就算你易容、拿下假髮、脫掉舊西裝，再換上貴族或運動員的假面具，我還是認得出你。就是你！你就是巴內特偵探事務所的吉姆・巴內特，我和這傢伙合作過十二次，十二次都被騙①。我受夠了，所以我有義務提醒其他人當心。馮烏朋先生，此人萬萬不可信！」

馮烏朋滿臉尷尬，望著安靜抽菸的尙恩・艾納里問道：「貝舒先生說的全是眞的嗎？」

艾納里露出笑容。「或許吧！我不太清楚。所有能證明我是艾納里子爵的證件都是合法的，但我不確定是否也有吉姆・巴內特的證件，他是我的好朋友。」

「您眞的駕船完成環遊世界的壯舉嗎？」

「大概吧！我記不太清楚，但知不知道有何差別？現在對您最重要的，莫過於找回鑽石。而且，親愛的馮烏朋，萬一被您的警察朋友說中，我就是那位神通廣大的巴內特，那不就代表鑽石絕對找得回來嗎？」

「我看是代表鑽石鐵定會被你偷走！」貝舒生氣嘟噥著，「馮烏朋先生，您聽我的，鑽石最後一定落到他手上。沒錯，我們攜手合作的十二次裡，每次他都成功破案，抓到罪犯，不然就是找回贓物——可是每次都不忘摸走一些贓物，有時還全部放進口袋。對，他的確會找到鑽石，可是也會當著您的面，大大方方地再偷走鑽石，搞不好您還一頭霧水哩！一旦成了他眼中的肥羊，就再也逃不了。您眞的相信他會替您效勞，馮烏朋先生？他是爲自己效勞！不論是吉姆・巴內特或艾納里、紳士或什麼偵探、航海家或強盜，總之是個唯利是圖的傢伙，如果讓他參與調查，您的鑽石就完蛋了，先生。」

「什麼？那可不行，」馮烏朋氣憤地說：「既然他是這種人，還是別合作吧！我可不想找到鑽石又被偷走，艾納里，管好您的事就好，別插手我的事，晚安！」

艾納里笑了起來。「目前我對您的事比較有興趣。」

「我不准……」

「不准什麼？誰都可以調查鑽石去向。東西不見了，我能找，其他人也能。再說，您管得著我嗎？牽連本案的女士們都如此美麗，我可是樂在其中！雷吉娜和愛蘭緹，多麼秀色可餐！坦白說，親愛的朋友，在找到鑽石前，我絕不罷休。」

「吉姆．巴內特，給我聽好了！」貝舒咬牙切齒、歇斯底里地大吼：「在把你關進大牢前，本人也絕不罷休。」

「那該有得玩囉！再見，朋友們，祝好運。或許我們某月某日還會再相逢，誰知道呢。」

艾納里叼著菸，一派輕鬆自在地離去。

* * *

愛蘭緹和雷吉娜下車抵達波旁王宮寧靜的小廣場，兩人臉色蒼白，艾納里已經在等她們了。

「欸，艾納里，」雷吉娜說：「您眞的不認爲綁架我們的是梅拉瑪伯爵嗎？」

「爲何這樣想，雷吉娜？」

「我不知道，第六感吧！我有點怕，愛蘭緹也是。對吧，愛蘭緹？」

「對，我也很緊張。」

「所以呢？」艾納里說：「就算他眞是凶手，難道能把妳們給吃了？」

古老的雲飛路就在附近，沿路皆是十八世紀的老建築，門楣上寫著的盡是歷史悠久的名字，比如霍雪菲岱公館、伍爾曼公館等。每棟外觀都相當類似，灰暗的外牆，低矮的樓層，高聳的大門，庭院胡亂鋪著石磚，屋子一律位於庭院盡頭。梅拉瑪公館也不例外。

艾納里正準備按門鈴，此時來了一輛計程車，馮烏朋及貝舒一前一後下車，兩人明明很尷尬，但仍舊一臉傲慢。

艾納里雙手盤在胸前，帶著怒氣說：「這下可好，這兩個傢伙臉皮還眞厚！一小時前把我說得一無是處，現在竟然來纏著我們！」

他轉身按下門鈴。一分多鐘後，一位穿著淺棕色禮服的老先生打開大門，他彎著腰，背幾乎直不起來了。

艾納里報上大名，對方回答：「伯爵先生正等著您。可能要勞駕先生辛苦點……」老人指著庭院盡頭那段進屋前需經過的台階，上頭有個雨遮。

雷吉娜突然一陣暈眩，低聲道：「六級……是六級台階。」

愛蘭緹喃喃附和，反應與雷吉娜如出一轍：「沒錯，六級……一樣的台階……一樣的庭院……怎麼可能！就是那裡，就是那裡！」

譯註：

①詳見《名偵探羅蘋》（*L'Agence Barnett et Cie*）一書，羅蘋以偵探吉姆・巴內特（Jim Barnett）之名，活躍於辦案偵查。

chapter 4

貝舒警長

艾納里緊抓住兩位年輕女士的手臂，以免她們跌倒。

「保持冷靜，眞糟糕！昏倒的話，就糟蹋這大好機會了。」

老管家在前方帶路。不在訪客名單上的馮烏朋和貝舒，也進了庭院，馮烏朋在貝舒耳邊低語：「嘿！我聞到鑽石味了，好險有跟過來！您記得留心鑽石，盯牢艾納里。」

一行人踩著高低不平的石磚地穿過庭院。庭院左右兩側圍繞著高牆，牆壁光禿一片，連扇窗也沒有，正好也是隔壁棟的外牆。庭院盡頭，就是梅拉瑪府，數扇偌大的矩型窗頗收畫龍點睛之效，宅邸看來氣派非凡。眾人爬上六級台階。

雷吉娜・奥布里結結巴巴地說：「萬一大廳地板也鋪著黑白相間的地磚，我會休克。」

「撐著點！」艾納里回應。

結果，大廳果真鋪著黑白相間的地磚。是艾納里使勁抓著兩位女伴的胳臂，才讓她們不致雙腿一軟，昏倒在地。

「拜託，」他笑著低聲說：「我們還沒進屋呢！」

「樓梯的地毯，」雷吉娜喃喃自語道：「一模一樣。」

「沒錯，」愛蘭緹低聲說：「樓梯的扶手也是……」

「那又怎樣？」艾納里說。

「萬一客廳也相同怎麼辦……」

「進得去再說，如果伯爵真的是歹徒，我不覺得他會想帶我們進去。」

「那該如何？」

「那就得想辦法讓他不得不帶我們去。等著瞧吧，愛蘭緹！勇敢點，不管發生什麼事，都別開口。」

這時前來迎接訪客的阿德安・梅拉瑪伯爵，領著他們進入一樓的房間，房裡擺設有路易十六時代風格的美麗桃花木家具，應是他的書房。伯爵頭髮花白，約四十五歲年紀，氣色不錯，長相可說不得人緣，表情也不太和善。他看來心不在焉，偶爾若有所思，眼神透露困惑。

伯爵向雷吉娜打招呼，而看到愛蘭緹時，他先是微微一顫，但很快恢復彬彬有禮的態度，問候、寒暄樣樣周到，卻僅止於行禮如儀。尚恩·艾納里自我介紹後，順道介紹兩位女伴，對貝舒和馮烏朋卻一個字也沒提。

馮烏朋有點誇張地一鞠躬，滿臉堆滿假笑說：「在下是珠寶商馮烏朋，歌劇院鑽石強盜案的失主馮烏朋。這位是我朋友，貝舒先生。」

雖然這番陣仗讓伯爵頗爲驚訝，不過他並沒有表現出來，仍舊一一問好，耐心等待對方說明來意。但顯然，馮烏朋、歌劇院失竊的鑽石、貝舒，似乎對伯爵一點意義也沒有。

於是，艾納里態度從容，不疾不徐地開口。

「先生，」他說：「說起來眞是巧哩，其實今天出門前，我正好翻了一下舊名人錄，竟發現我們有點遠親關係。我外曾祖母是索登人，嫁給梅拉瑪家族在聖東日區的旁系宗親。」

伯爵眼睛一亮，家族譜系的話題果然引起他的興趣，他與尚恩·艾納里熱烈談論著兩人親戚關係的淵源。

馮烏朋壓低音量對貝舒說：「什麼！他跟梅拉瑪是親戚！」

「我還跟教宗有血緣關係哩！」貝舒嘀咕著。

「他眞是敢講！」

「才剛開始而已。」

不過，艾納里倒是越講越自然。

「親愛的表哥，您真有耐性，我恐怕浪費您不少時間了，巧合的事不止這樣，容我快點切入主題跟您說明吧！」

「請說，先生。」

「會知道您掉了東西，是因爲某天早上搭地鐵時，我正在看報，剛好讀到您刊登的尋物啓事，自此引發一連串的巧合。我得說當下看到這則啓事時，確實覺得奇怪，因爲您想找回的藍絲帶、鎖頭、燭台托盤和鉗子的握把，都是些微不足道的東西，照理說應不需大費周章地登報公告。不過，我沒想太多，幾分鐘後就忘了這事，若非……」

艾納里故作停頓才接著說：「親愛的表哥，想必您聽過『跳蚤市場』吧！跳蚤市場好玩的地方就在於什麼都有、什麼都賣，亂七八糟卻饒富趣味。我本身就常在那兒挖到寶，總之，從不曾失望空手而歸。以那天早上爲例，我就找到一個古羅馬的陶製聖水缸，雖然破了，但經過修補整理，仍是極具特色。另外又買了湯碗、頂針等等，總之，意外收穫不少。然後，我突然在路邊一堆凌亂的鍋碗瓢盆裡，發現一小條絲帶。是的，親愛的表哥，破損褪色的藍色絲質拉鈴繩，旁邊還有鎖頭、銀製燭台托盤……」

梅拉瑪伯爵態度丕變，激動大喊：「太不可思議了！我就是在找這些東西！先生，能告訴我上哪兒找嗎？」

「這簡單，問我要即可。」

「啊！您都買下來了！多少錢？我付您雙倍，不然三倍！可是我要……」

艾納里安撫他。「親愛的表哥，我會還給您的。全部只花了我十三法郎五十分！」

「東西在您府上嗎？」

「東西就在我口袋，剛從家裡帶來的。」

梅拉瑪伯爵不顧身分，貿然地伸出手。

「等一下，」尚恩．艾納里笑嘻嘻地說：「我想要點小報酬，放心！真的很小。實在是出於一股強烈的好奇，故想看看這些東西擺放何處，順便瞭解您如此珍惜的原因。」

伯爵猶豫了。艾納里的請求是有點無禮，但伯爵的遲疑也不尋常！最後他終於回答：「沒問題，先生。請跟我上二樓的客廳。」

艾納里向兩位年輕女孩使了眼色，好像在說：「瞧，沒什麼辦不到的。」

然而，他也瞧見女孩臉上的驚恐。客廳是她們受難的地方，重返現場，只會令她們陷入不好的回憶，再生恐懼。馮烏朋明白案情有了新進展，貝舒也大為振奮，緊跟著伯爵不放。

「不好意思，」伯爵說：「由我來帶路。」

他們離開一樓房間，穿過大廳上樓，樓梯間迴盪著眾人的腳步聲。雷吉娜邊走邊數台階，共二十五級……二十五！一模一樣的數字。她再度感到暈眩，這回更嚴重，根本站不穩。

大家急忙圍過去。發生什麼事？哪裡不舒服？大夥兒七嘴八舌問著。

「沒事，」雷吉娜氣若游絲，雙眼緊閉，「沒事，只是有點頭暈，很抱歉。」

「小姐，您最好坐下來。」伯爵邊說邊推開客廳的門。

馮烏朋和艾納里將她扶到沙發坐下。而當愛蘭緹走進客廳，一見房內擺設，不禁失聲尖叫，她感到天旋地轉，然後昏倒在扶手椅上。

這下可眞是一片混亂，眾人急得團團轉，手忙腳亂的，活像齣鬧劇。

伯爵喊道：「吉蓓特！潔若德！快！拿嗅鹽跟酒精來。法蘭索，麻煩叫潔若德來。」

法蘭索頭一個趕到，他是梅拉瑪府的管家兼門房，潔若德是他太太，大概是公館裡唯一的僕人。潔若德緊跟在後，年紀與法蘭索差不多，皺紋似乎更多。隨後進房的就是伯爵喚作吉蓓特的女人，伯爵焦急地對她說：「妹妹，這兩位年輕女士身體不舒服。」

吉蓓特・梅拉瑪（已離婚，所以改回娘家姓氏）身材高䠷，一頭棕髮，神色高傲，面貌年輕，長相端正，但衣著或舉止略顯過時老派。她比哥哥平易近人，漂亮的黑眼珠透著嚴肅。艾納里注意到她穿著綴有黑天鵝絨滾邊的深紫色洋裝。

雖然眼前這幕讓吉蓓特摸不著頭緒，她仍保持冷靜，先在愛蘭緹額頭灑些花露水，請潔若德照顧她，接著來到雷吉娜這邊。馮烏朋在一旁頗爲著急，尙恩・艾納里拉開擋人視線的馮烏朋，他得確定自己沒看錯。

吉蓓特・梅拉瑪俯身問：「小姐，您還好吧？放輕鬆，好嗎？您覺得如何？」

她讓雷吉娜聞了嗅鹽，雷吉娜張開眼睛，看見這位女士及她身上那套黑天鵝絨滾邊的深紫色洋裝，接著又看見女士的雙手。雷吉娜很快起身，驚恐莫名地大叫：「戒指！三顆珍珠！別碰我！妳就是那天晚上的女人！沒錯，就是妳，我認得妳的戒指、妳的手，還有這個房間、這些藍色絲質家具，還有地板、壁爐、掛毯、桃花心木腳凳……啊！離我遠一點，別碰我。」她喃喃吐出幾個含糊難懂的字後，再次搖搖晃晃地昏倒了。

一旁恢復知覺的愛蘭緹，也認出汽車裡見到的尖頭鞋，又聽見刺耳的鐘聲，她害怕地說：「啊！這鐘聲，一模一樣，加上同個女人……太可怕了！」

每個人都驚訝不已，目瞪口呆。事情演變至此，現場恐怕只有一個人笑得出來。尚恩・艾納里嘴角微微上揚，一副旁觀者清的模樣，他覺得有趣極了。

馮烏朋想詢求艾納里和貝舒的意見。而貝舒緊盯這對兄妹，兩人一樣呆若木雞。

「這些話是什麼意思？」伯爵喃喃地說：「戒指怎麼了？我想這位小姐頭昏得厲害吧！」

這時艾納里開口，他想安撫伯爵，好像剛剛的事沒什麼要緊似的。

「親愛的表哥，您說得對，我這兩位女性朋友是激動了點，有些胡言亂語了。這部分我會給您個交代，不過，還是先言歸正傳吧！您是否能再撥點時間，我們來處理一下關於失物的事？」

梅拉瑪伯爵沒有馬上回答。他顯得爲難，態度也很不安，只是斷斷續續地說：「這又是什麼意思？我們猜得到嗎？眞難想像……」

他把妹妹拉到一旁，兩人熱烈地交談。但艾納里往兩人走去，拇指及食指間夾著一個做工精細的小銅片，上頭刻有兩隻展翅的蝴蝶。

「親愛的表哥，這就是鎖頭。我猜應是書桌其中一個抽屜失落的吧？它跟另外兩個簡直一模一樣。」

他逕自把銅片放回原處，銅片內側突出處和書桌抽屜的洞口完全吻合。裝完鎖頭，尚恩・艾納里從口袋裡拿出一條本該繫住銅製搖鈴把手的藍絲帶，大家發現壁爐邊也掛著一條被扯斷的絲帶，同樣是藍色的。艾納里走近壁爐，兩段絲帶恰好能接成一條，斷裂處完全吻合。

「很好。」他說：「至於這個燭台托盤，親愛的表哥，該放哪兒呢？」

「放這燭架上，先生。」梅拉瑪伯爵粗聲粗氣地說：「原本有六個，不過您看到了，現在只剩五個，您手上拿的跟這五個一模一樣。剩下被拆走的鉗子握把，您可自己試著裝回去。」

「鉗子握把在這兒。」艾納里說，他就像個魔術師，不斷從百寶袋裡拿出不見的東西。「現在，親愛的表哥，換您履行承諾囉！請告訴我們為何如此看重這幾樣不值錢的東西，它們又怎麼會不見。」

眼看失物全部物歸原位，伯爵恢復鎮定，似乎忘了雷吉娜的咒罵及愛蘭緹的囈語。方才是因為艾納里半哄半騙，他迫於無奈才答應讓這群人上樓，現在他只想盡快擺脫不速之客，因此簡短扼要地回答：「凡是祖傳之物我都非常珍愛，您口中這些不值錢的東西，對我及舍妹而言卻是如稀世珍寶一般重要。」

答案簡潔有力。尚恩・艾納里又問：「親愛的表哥，愛惜傳家寶本人之常情，我完全理解人們對家族傳承的重視。不過，東西又爲什麼不見呢？」

「我不知道，」伯爵說：「某天早上，我發現燭台托盤不見了。跟我妹妹仔細一找，才發現鎖頭掉了，絲帶少了半條，鉗子握把也沒了蹤影。」

「是被偷走的嗎？」

「絕對是，一次全偷走。」

「怎麼可能！歹徒大可偷銀製糖果盒、精緻的藝術品、掛鐘、銀器，或其他有價值的東西，卻選了最不值錢的偷？爲什麼？」

「我不知道，先生。」

伯爵冷淡地重複這幾個字，他對這些問題感到厭煩，無意再談下去。

「親愛的表哥，或許您會想聽我解釋爲何冒昧帶兩位小姐來這兒，還有她們情緒失控的原因。」艾納里說。

「不，」梅拉瑪伯爵斷然表示：「這與我無干。」

他急著想結束談話，準備往門口走去，卻看見貝舒走到他面前嚴厲地說：「與您有關的，伯爵先生。我們得釐清幾個問題，現在。」

貝舒蠻橫地張開雙手，擋在門前。

「您又是哪位，先生？」伯爵高傲地問。

「貝舒警長，任職於警察總局。」

梅拉瑪伯爵聽了直跳腳。「您是警察？您憑什麼進我家？我梅拉瑪公館竟然會有警察！」

「伯爵先生，我進門時早已報上名字。只是一路聽聞下來，不得不搬出警長的頭銜。」

「一路聽聞下來？」梅拉瑪伯爵喃喃地說，臉色越來越難看，「坦白說，先生，我並沒允許您……」

「這不重要。」貝舒嘀咕著，毫不顧及禮貌。

伯爵走回妹妹身邊，再次熱烈急促地交談，吉蓓特．梅拉瑪跟她哥哥一樣激動。接著兩人並肩站著，態度頑強，擺明等著攻擊者放馬過來。

「這下激怒貝舒了。」馮烏朋低聲對艾納里說。

「沒錯，我看他越來越激動。這傢伙我瞭解得很，他總是先挑釁對方，偏偏又沒弄清楚來龍去脈，突然間才一發不可收拾。」

愛蘭緹和雷吉娜都醒了，雙雙站在艾納里後方。

貝舒開口說：「不會耽誤您太久時間的，伯爵先生。幾個問題要麻煩您明確回答，昨天您幾點出門？還有梅拉瑪女士？」

伯爵聳聳肩不想回答。妹妹態度溫和許多，覺得還是回答較好。

「我們兩點出門，四點半回家喝下午茶。」

「然後呢？」

「然後就待在家裡，我們從不在晚上出門。」

「那麼，另一個問題，」貝舒嘲諷地說：「我想知道昨晚八點到十二點之間，您們在客廳做什麼。」

梅拉瑪伯爵氣得直跺腳，要他妹妹閉嘴。貝舒明白無法逼他們開口，不禁十分惱火，但他自覺勝券在握，因此話也不問了，脫口而出所有指控，一開始語氣還算客氣，後來越發顯得尖銳、冷酷又激動。

「伯爵先生，昨天下午您與令妹都不在家，而是在塔伯山路三之一號門口，您假扮布里古醫生，等著一位年輕女孩，騙她上車，令妹用布蓋住她的頭，您們把她帶到這棟房子。結果女孩逃走了，您追到大街上，沒能成功抓回來。這名女孩就在現場。」

伯爵咬牙切齒，緊握雙拳說：「你瘋了！你瘋了！你們這些瘋子到底在耍什麼把戲？」

「我沒瘋！」警長大聲說，有點像在演肥皂劇，表情誇張且措辭庸俗。艾納里覺得很好笑。

貝舒接著說：「我只是陳述事實。證據？我有的是證據。愛蘭緹・瑪佐拉小姐，認識吧？您曾在薛尼茲服飾店門口等過她，她就是人證。瑪佐拉小姐曾爬上貴府壁爐，躲在書櫃上方，逃走時還不慎打翻青銅盃。後來她打開窗戶，拚命跑過花園，才逃過一劫。她將以母親的腦袋發誓。愛蘭緹・瑪佐拉，您會以母親的腦袋發誓對吧？」

艾納里挨在馮烏朋耳邊說：「這傢伙真的瘋了。他有什麼權利審判？還判得糟透啦！就憑他一人之詞，我早說他會這樣！」

貝舒大呼小叫，可以說是衝著伯爵叫囂，伯爵眼神驚慌，流露出極大的恐懼。

「不只這樣，先生！還有更嚴重的！是別起事件！」他指著雷吉娜・奧布里，「這位小姐，就是這位小姐，您認識她對吧？那晚在歌劇院被綁架的就是她，被誰綁走呢？嘿！是誰把她帶來這間客廳？她認得客廳裡的家具，對吧，小姐？扶手椅、腳凳、地板……嘿！先生，誰帶她來的？誰逼她脫下鑽石馬甲？不就是梅拉瑪伯爵及他的胞妹吉蓓特・梅拉瑪？證據？看看這只鑲了三顆珍珠的戒指，證據實在太多了。留給法院裁決吧！先生，我的長官……」

他話還沒說完，梅拉瑪伯爵已氣得直跺腳，發狂地衝上前掐住他脖子，斷斷續續地咒罵。

貝舒用力掙脫，揮舞著拳頭，繼續駭人聽聞的控訴。他指證歷歷，不忘提及他在此案中扮演的角色，尤其指出長官及民眾是如何對他委以重任。艾納里說得沒錯，他果然瘋了。大概是自覺失態，貝舒猛然住口，先抹去前額滲出的汗水，然後一改先前失控的態度，冷靜嚴肅地說：「我承認越權了，這不是我的權限，我會致電警局。您最好留下來，聽聽長官如何指示。」

伯爵跌坐在一旁，把臉埋在雙手，看來已放棄反抗。但吉蓓特・梅拉瑪卻攔住警長，激動得話都說不清。

「警察！警察要來這兒？進屋裡來嗎？不行，絕對不行！不可能！那些指控……您無權這樣做，這是違法的。」

「很抱歉，夫人。」貝舒說，大獲全勝讓他突然彬彬有禮起來。

吉蓓特只好緊抓警長的手臂，哀求道：「求求您，先生。我們兄妹倆是受害者，這是可怕的誤會。我哥哥不可能犯案，我求求您……」

貝舒毫不妥協。他知道電話在迎賓室，便走去打了電話，再回到客廳。

等待檢警單位前來的期間，貝舒越來越亢奮，在艾納里和馮烏朋面前高談闊論，雷吉娜和愛蘭緹雖然怕那對兄妹，卻也不免同情起他們。檢調人員來得迅速，半小時後，警察總局局長帶著警員前來，隨後法官、書記官和檢察官也抵達，顯然貝舒的說法已經引起重視。

檢警開始進行調查，首先問了老僕人夫婦。他們住在側邊的房間，只負責料理三餐、做些簡單的打掃工作。忙完以後，不是回房休息，就是待在廚房裡，而從房間或廚房看出去，恰巧就是花園。

至於兩位年輕女士則言之鑿鑿，眼前的景物足以讓她們想起一切。愛蘭緹特別指出她逃跑的路徑，甚至在重回現場前就清楚描述花園、灌木叢、高牆、獨立小屋、小門，以及連接熱鬧馬路的荒涼小徑。事情已經無庸置疑。

此外，搜索屋內時，貝舒還別有斬獲，讓他走路有風，而且更確立罪證。原來在搜查書櫃內部時，貝舒注意到一排老舊四開精裝書。他覺得十分可疑，便一本一本檢查。結果裡面是空心的，竟是外型像書的空盒，其中一個塞了一塊銀布，另一個則裝著馬甲。

雷吉娜立刻驚呼：「我的禮服！我的馬甲！」

「但鑽石已經不見了！」馮烏朋大叫，慌慌張張地，像是又被偷走一次鑽石般。

「我的鑽石，您對鑽石做了什麼，先生？啊！把贓物吐出來……」

梅拉瑪伯爵無動於衷地看完整齣戲，臉上浮現詭譎表情。當法官指著鑽石不翼而飛的禮服及馬甲質問他時，他搖搖頭，緊抿的雙唇露出怪異微笑。

「我妹妹不在嗎？」他低聲說，一邊四處張望。

老女僕說：「我想夫人在她房裡。」

「請代我向她訣別，並建議她同我一樣。」

接著，他很快從口袋掏出一把左輪手槍，對著太陽穴準備扣下扳機。

此時一直在旁警戒的艾納里，一個箭步上前推開他的手肘。子彈射偏了，打碎某扇窗玻璃，員警們連忙撲向梅拉瑪伯爵。

法官開口道：「您被逮捕了，先生。梅拉瑪女士也一併帶走。」

然而當大家想找女爵時，竟發現臥房及起居室皆不見其人影，整座宅邸亦遍尋不著。她逃去哪兒了？誰幫她逃走的？

艾納里非常擔心她會自殺，要大家繼續找，結果徒勞無功。

「無論如何，」貝舒喃喃自語：「您就快找回鑽石了，馮烏朋先生。情勢對我們有利，我做得不錯。」

「不過，尙恩・艾納里也花了不少工夫哩。」馮烏朋提醒著。

「他不夠果斷，」貝舒回答：「若非我出面指控，案子恐怕還有得拖呢！」

*　　*　　*

幾小時後，馮烏朋回到他位於歐斯曼大道上的豪宅。他與貝舒在餐廳吃完晚餐就邀請警長回家，繼續談論雙方心繫的案情。

「等一下，您聽，」談到一半，馮烏朋突然這麼說，他們都覺得屋子另一頭似乎傳來聲響。

「僕人的寢室不在那邊啊！」

他和貝舒走到走廊盡頭，那兒有個小房間，小房間另外開了道門，正好面向樓梯。

「這是我特別隔出來的空間，」他說：「拿來接待朋友用的。」

貝舒豎耳傾聽。「沒錯，裡面有人。」

「這就奇怪了，沒人有鑰匙啊！」

兩人舉起左輪手槍，一躍進門，馮烏朋隨即大叫：「活見……」

貝舒也嚷了起來：「活見鬼！」

沙發上躺著一位婦人，尚恩・艾納里跪在沙發前，輕吻她的前額及頭髮，一邊溫柔地按摩，幫她緩和情緒。

他們走近一看，認出是吉蓓特・梅拉瑪，她雙眼緊閉，面無血色，胸口起伏劇烈。

艾納里生氣地站起來，擋在兩位擅闖進門的先生面前。

「又是你們！拜託行行好吧！就不能讓我們清靜一下嗎？你們又來做什麼，兩位？」

「什麼，我們又來做什麼？」馮烏朋大吼，「這可是我家啊！」

貝舒也生氣地說：「好樣兒的！你還真膽大包天！所以是你幫女爵逃走的囉？」

艾納里突然安靜下來，輕巧地轉了一圈。「我的天啊！真是什麼都瞞不過你，貝舒。沒錯，正是在下。」

「你竟敢做這種事！」

「當然囉！親愛的朋友，你忘了在花園部署警力，所以我告訴她從花園逃走，在鄰近的小路等我，我會開車去接她。審判大典結束之後，我在小路跟她碰頭，再送她來這兒，一直照顧到現在。」

「可是誰讓您進來的？真該死！」馮烏朋說：「得有房間鑰匙啊！」

「那倒不必，我只要幾把鉗子就能輕鬆打開所有的門。親愛的朋友，我來過您家好幾次了，才會覺得這獨立的房間是最適合梅拉瑪女爵躲藏的地方。再說誰想得到馮烏玥會收留梅拉瑪女爵？沒有人。貝舒也想不到！在您的庇護之下，她就能清靜地住在這兒，直到事情水落石出。您的貼身女僕會以爲她是您的新歡，畢竟您也追不到雷吉娜了。」

「我要逮捕她！我要通知警察！」貝舒叫喊。

艾納里哈哈大笑。「啊！這太好笑了吧！你應該跟我一樣清楚，誰都不能動她一根汗毛。」

「你眞這樣想嗎？」

「當然！因爲保護她的人是我。」

貝舒火冒三丈。「那麼，你就是保護小偷囉？」

「小偷？你又知道她是小偷了？」

「什麼！落網的犯人是她哥哥，你不也出力幫忙了嗎？」

「太可怕了，別污衊我！不是我讓他被捕的。是你呀，貝舒。」

「我是遵照你的指示行事，而且事實證明他確實有罪。」

「何以見得？」

「怎麼！你不敢肯定嗎？」

「的確不敢，」艾納里帶著令人惱火的嘲諷口氣說：「整件案子還有很多疑點。身爲貴族的伯爵會是小偷嗎？女爵如此高傲自重，除了親吻她的頭髮，我不敢放肆，她會是小偷嗎？坦白說，貝舒，我問自己假如慢了那麼一點點，假如沒有立刻衝上前阻止伯爵自殺，後果會如何？你要負多大的責任啊？貝舒！」

貝舒聽著，有點站不穩，臉色也變得蒼白。馮烏朋則憂心忡忡，他覺得鑽石又再次消失在黑暗中了。

尚恩・艾納里恭敬地跪在女爵身邊，輕聲說：「您是清白的，對嗎？像您這樣的女人絕不可能偷竊的。答應我，告訴我關於您及令兄的一切……」

chapter 5

是敵是友

越轟動的案件越會引起輿論關切，人人都有自己的看法，有的正確、有的離譜，大家唯獨不想看乏味的審判過程報導，因此報紙只就警察查不出而法官也釐清不了的部分加油添醋，最後再以尚恩・艾納里，也就是亞森・羅蘋的出手搶救作結。

事實上，調查完全一無所獲。那對老僕人夫婦非常生氣，無法諒解有人膽敢懷疑他們服侍二十年的主人，但也無力證明主人清白。某天早上，府邸門鈴響起，梅拉瑪府少有訪客，難得聽見門鈴響，由於潔若德早上出門買菜不在廚房，法蘭索穿好衣服，前去開門。

來者是警方，徹底搜查了梅拉瑪府，調查後證實沒有任何隱密的出口。客廳裡隔出個小房間，從前是貴婦的私人會客室，現已拿來當貯藏室。一切都很正常，找不出任何可疑或造假之處。

庭院裡沒有獨立小屋，也沒有車庫。警方確定伯爵會開車，但假如有車，能停哪兒？車庫又在哪兒？所有的疑問都找不到答案。

另一方面，梅拉瑪女爵仍不見蹤影，而伯爵自我封閉，一句話也不說，他拒絕回答與案情有關的問題，對私人問題也隻字不提。

不過有件事值得一提，此事對整起案件有決定性的影響，司法界人士，甚至媒體跟大眾，都立刻聯想到此事。而尚恩·艾納里更是一開始就發現了。至於他仍著手調查的部分，就不在這裡多說。一八四〇年，現任梅拉瑪伯爵的曾祖父居爾·梅拉瑪，是梅拉瑪家族最有名望的一位，他是拿破崙的將軍、法國王朝復辟期間的外交大使，卻因偷竊及謀殺罪名遭到逮捕，最後因腦溢血死於獄中。

檢調單位以此陳年舊案爲起點，翻閱許多相關檔案，慢慢找出已被世人遺忘的細節，最後公布了一份極關鍵的文件。一八六八年，當時居爾·梅拉瑪的兒子，也就是阿德安伯爵的祖父阿逢斯·梅拉瑪，擔任國王拿破崙三世的副官，也被指控偷竊及涉嫌謀殺。他在雲飛路的宅邸舉槍自盡，國王把這事壓下來了。

兩件醜聞的揭露引起廣泛的注意。很快地，這起現代悲劇就被定調爲「家族遺傳」。就算這對兄妹稱不上家財萬貫，但起碼過著不虞匱乏的生活，他們在巴黎有房產，在都蘭地區有城堡，還致力於人道救援及慈善事業，若用貪財來解釋歌劇院意外及鑽石竊案可完全說不通。所以，一定是家族遺傳。梅拉瑪家族有偷竊的劣根性，這對兄妹遺傳祖先的性格，他們竊取財物，可能是爲了維持優渥的生活，也可能抗拒不了誘惑，但最主要的該是天性使然。

而阿德安伯爵也像祖父阿逢斯・梅拉瑪一樣企圖舉槍自盡，再度證明就是家族遺傳。

至於鑽石、兩起綁架案、芭蕾舞劇中場休息時伯爵人在何處、書櫃裡找到的禮服，任何與這神祕案件有關的部分，伯爵表示全不知情，也與他無關，好像那些事都發生在外星球一樣。

伯爵只就愛蘭緹・瑪佐拉的部分提出澄清。他說從前曾與一名有夫之婦相戀，兩人生了一個女兒，他非常寵愛這個女兒，但她幾年前過世了，讓他悲痛欲絕。而愛蘭緹跟他女兒長得相像，他才會不由自主地跟蹤愛蘭緹兩、三次，藉此追憶他失去的孩子。至於愛蘭緹・瑪佐拉的指控，他嚴正否認曾企圖在暗巷攻擊她。

兩個禮拜過去了，這段期間暴躁易怒又不屈不撓的貝舒警長，展開大規模的搜索行動，卻落個徒勞無功。

凴烏朋跟在他後頭嘆道：「該死！我跟您說他們都該死。」

貝舒雙拳緊握說：「您是說鑽石嗎？近在咫尺了。我已經逮住梅拉瑪家人，接著就能拿回您的鑽石。」

「您確定不需要艾納里？」

「永遠不需要！我寧可失敗也不找他幫忙。」

凴烏朋表示反對。「您開什麼玩笑！我的鑽石就在您的自命清高前溜走了。」

另一方面，馮烏朋每天見到尙恩・艾納里時，也不忘提醒他鑽石的事。只要進去吉蓓特・梅拉瑪藏身的房間，就會看到艾納里坐在女爵腳邊，不斷安慰她、給她希望，答應保護她哥哥的生命及名譽，但除此以外，尙無法從她身上得到任何情報，或任何能幫助他判斷的話。

而假如馮烏朋改去找雷吉娜・奧布里，想約她外出用餐，又總是看到艾納里正在大獻殷勤。

「您快走吧！馮烏朋。」美麗的女演員說：「自從出了這些事，我已經不想再看到您。」

馮烏朋很生氣，把艾納里拉到一旁說：「親愛的朋友，我的鑽石呢？」

「我有好多事要想。雷吉娜和吉蓓特佔去我所有時間，下午一位，晚上是另一位。」

「那早上是？」

「愛蘭緹。她很可愛，這孩子機靈聰慧、悟性強、和善又窩心，像赤子般單純又有成熟女人的神祕，人品又好！第一次見到她那晚，出於意外才能親吻她的雙頰。現在沒機會了！馮烏朋，我確信自己喜歡的是愛蘭緹。」

艾納里說的是眞話，他對雷吉娜一時的愛慕已轉爲友情，看顧吉蓓特也只是想探聽點消息，但與愛蘭緹度過的每個早晨都讓他開心雀躍。她有種獨特的魅力，眞誠而坦率，對人生樂觀自在。當她敘述著想幫助朋友的夢想，總是帶著微笑，好像這些夢想一定會成眞的樣子。

「愛蘭緹，愛蘭緹，」艾納里說：「我從沒見過誰比妳容易猜透，又比妳難以捉摸的。」

「我，難以捉摸？」她問。

「是啊！有時候。我雖然很瞭解妳，但總有些角落我無法擅闖。奇怪的是，初次接近妳還沒這種感覺。可是現在，謎團不斷擴大，我猜，是跟感情有關的祕密吧？」

「沒有吧？」她笑著說。

「沒錯，是感情……妳沒有愛人嗎？」

「我有沒有愛人？每個人我都愛啊！」

「不，不，」他說：「最近一定有什麼事發生在妳身上。」

「沒錯，太多了！綁架、焦慮、調查、偵訊，一大堆信件、各種說法，我身邊圍繞太多傳言了，足以讓我這小模特兒頭昏腦脹！」

他搖搖頭，用一種愈益愛戀的眼神望著她。

檢察官這邊的調查毫無進展，在逮捕梅拉瑪先生二十天後，檢調單位查獲的多是沒太大用處的證據，偵查依舊一無所獲，線索大有問題，假設也全盤皆墨。甚至找不到一開始，將愛蘭緹載離梅拉瑪公館來到勝利廣場的計程車司機。

馮烏朋瘦了一圈，他完全看不出逮捕伯爵及鑽石竊案的關聯，也不客氣地質疑貝舒的能耐。

某日下午，兩名男士來到艾納里靠近蒙梭公園的住家，按下一樓的門鈴。僕人前來開門，並通報主人。

「兩位請走吧！」艾納里一看到他們就說：「馮烏朋、貝舒！很好，你們臉皮還眞厚！」

他們終於承認束手無策了。

「案情進展很不順利，」貝舒哀怨地承認：「我們運氣眞差。」

「像你這樣的笨蛋運氣怎會好？」艾納里說：「算了，不跟你們計較。但你們一定要聽我的話，知道嗎？像穿著素服、脖子套繩索的加萊義士①那樣服從可以嗎？」

「沒問題。」馮烏朋立刻答應，慶幸艾納里脾氣好。

「你呢，貝舒？」

「悉聽尊便。」貝舒回答，聲音有點陰沉。

「你得把警局丟到一邊，然後像法官一樣宣布那些人沒什麼用，再給我個保證。」

「什麼保證？」

「保證忠誠的跟我合作。現在預審進行到哪兒了？」

「明天將安排伯爵、雷吉娜・奧布里及愛蘭緹・瑪佐拉進行對質。」

「唉呀！得快點兒了。案情全部對外公開了嗎？」

「也不盡然。」

「怎麼說？」

「我們在梅拉瑪伯爵牢裡找到一封信，上頭寫著：『一切都安排好了，我保證沒事。加油！』我去查了才知道，那天早上，負責幫伯爵送餐點的飯店服務生受託轉交此信，服務生說伯爵也寫了回函。」

「你掌握寫信人的外貌特徵了嗎？」

「是的。」

「太好了！馮烏朋，您開車來嗎？」

「對。」

「我們走吧！」

「去哪兒？」

「等一下您就知道了。」

三人上了車，艾納里說：「貝舒，有件事你沒注意，我倒覺得很重要。綁架案發生的前幾個禮拜，伯爵在報上刊登的尋物啓事有何涵義？爲何要昭告天下尋找那幾樣小東西？還有，雲飛路宅邸堆滿值錢的東西，小偷卻不拿，淨偷些不值錢的玩意兒，又是爲什麼？唯一弄清楚這問題的辦法，就是花個少少的十三法郎五十分，問那位賣蠟燭托盤、拉鈴繩還有其他小東西給我的婦人，對吧？我就是這麼做。」

「結果呢？」

「到目前爲止不太順利，可是馬上會有進展，但願有。綁架案發生隔天，我剛好去跳蚤市場逛逛，賣我東西的老闆娘印象很深刻，說是一位女雜貨商賣給她一堆東西，只索要了五法郎。這個女雜貨商偶爾會來兜售回收品。可問她對方名字和地址，她一無所知，只知道是古董商葛哈丁先生介紹來的，他應該知道女雜貨商的聯絡方式。我立刻趕到葛哈丁先生家，他住在塞納河左岸。不過他去旅行了，今天才回來。」

他們很快就抵達葛哈丁先生家，對方毫不遲疑地回答：「您說的肯定是緹安儂大嬸，我們都這麼叫她，因爲她在聖德尼路上有間舖子叫『小緹安儂』。那女人很古怪，話不多，陰陽怪氣的，專賣一堆無用的玩意兒，但有時也會賣我一些頗有來頭的家具，不曉得打哪兒來的，其中有一件美觀的桃花心木家具，仿路易十六時代風格的，上頭有夏布的簽名，他可是十八世紀最偉大的木匠大師。」

「那件家具您賣掉了嗎？」

「對，而且寄去美洲了。」

三人滿腹疑問地離開葛哈丁先生家，因爲梅拉瑪府大部分家具都有夏布的簽名。

馮烏朋搓著手。「這項巧合不無幫助，想必我的鑽石正躺在『小緹安儂』某個祕密抽屜裡。總之，艾納里，我相信您一定會抽絲剝繭，然後……」

「送您鑽石大禮嗎？當然，親愛的朋友。」

車子在「小緹安儂」不遠處停下，艾納里和馮烏朋走進店舖，貝舒則待在門外。店裡格局狹長，堆滿了雜貨，像裂開的瓶罐、有缺口的瓷器、二手毛皮衣、破損的蕾絲花邊，還有許多會出現在二手雜貨店的東西。緹安儂大嬸是個頭髮灰白的胖女人，正在店舖後方與一名男士談話，男士手上拿著一只沒有瓶塞的瓶子。

馮烏朋和艾納里慢慢逛著貨架，儼如來尋寶的收藏家。艾納里偷偷觀察那位男士，覺得他看起來不像來買東西的客人。男士高大強壯，髮色金黃，年約三十歲，長相端正，態度直率，他又談了一會兒，然後放下手邊的瓶子，往門口走去。艾納里知道，這人端詳各式各樣的貨品時，也在注意剛進門的客人。

馮烏朋完全沒察覺對方明看貨暗監視的伎倆，他走近緹安儂大嬸，他想既然艾納里忘了開口，不如就由他來問。他壓低音量說：「我掉了一些東西，想問問看會否剛好有人轉賣給您，例如……」

艾納里見同伴輕舉妄動，正想給他打暗號，但馮烏朋繼續說：「例如，一副鎖頭、半條藍色絲質拉鈴繩……」

女雜貨商豎起耳朵，很快與那位男士交換眼神，他猛然轉過身，皺了皺眉頭。

「我想應該沒有，」她說：「您找找那堆東西，也許會找到您要的。」

男士等了一會兒，又對老闆娘使了個眼色，似乎要她當心，然後就離開了。

艾納里趕到門邊。那位先生招了輛計程車，上車以後，貼著車門低聲告訴司機地址，此時，貝舒靠近計程車，故意從車旁走過。

整個過程艾納里都待在原地沒動，像個局外人。等車一轉彎，貝舒才和他會合。

「你聽見了？」

「對，剛果狄亞公館，在聖奧諾黑郊區。」

「有其他發現嗎？」

「我剛從窗戶看到那人的樣子，我認出來了，是他。」

「誰？」

「就是成功派人偷渡信件至梅拉瑪伯爵牢裡的傢伙。」

「他是寫信給伯爵的人？然後他又跟賣出梅拉瑪府失物的女人談話！唉呦！貝舒，可不得不承認這項巧合極有價值！」

但艾納里高興不了多久。在剛果狄亞公館前，沒見到任何符合特徵的男士進入。他們等了又等，艾納里有些不耐煩。

「地址可能是假的，」他最後表示：「這傢伙想要我們離開『小緹安儂』。」

「爲什麼？」

「八成是爲了爭取時間。我們快回去。」

艾納里猜得對，待他們回到聖德尼路時，便發現女雜貨商的店舖已經關閉，百葉窗也拉了下來，鐵桿子擋在門口，還上了鎖。

街坊鄰居們都無法提供線索，大家雖知道緹安儂大嬸，卻僅是點頭之交，從沒與她交談過。十分鐘前才見她關了店舖，比平常早了兩小時。問她去哪兒，沒人知道她的住處。

「我會查出來的。」貝舒低吼。

「你什麼都查不到。」艾納里肯定地說。「緹安儂大嬸明顯聽命於那個男人，在我看來，那傢伙知道所有的事，他不只會避開正面衝突，該回擊時也絕不手軟。你感覺到殺氣了吧，貝舒？」

「是呀，但他最好先保護好自己。」

「保護自己最好的方法就是攻擊。」

「他根本對抗不了我們。他想對付誰哩？」

「他想對付誰？」

艾納里想了幾秒，突然跳上車，推開馮烏朋的司機，抓著方向盤，旋即發動引擎，動作快到只給馮烏朋和貝舒抓住車門的時間，害他倆差點就上不了車。艾納里開車技術高超，在車陣中鑽來竄去，不斷違規，全速衝上環城公路。過了勒必克路後，在愛蘭緹家門前停下，直闖管理員房間。

「愛蘭緹・瑪佐拉小姐在嗎？」

「她出門了，艾納里先生。」

「出去多久了？」

「不超過十五分鐘。」

「自己一個人嗎？」

「不是。」

「跟她母親一起?」

「不是。瑪佐拉太太去買菜還沒回來,不知道愛蘭緹小姐外出。」

「那她跟誰出去?」

「一位先生開著車來找她的。」

「高高的,是金髮?」

「沒錯。」

「您見過他嗎?」

「見過整個禮拜了,只要晚餐後他就會來拜訪兩位女士。」

「您知道他的名字嗎?」

「知道,他是法傑霍先生,安東尼・法傑霍。」

「謝謝您。」

艾納里毫不掩飾他的沮喪與怒氣。

「我就知道,」離開愛蘭緹家時,他忿忿地說:「啊!被他擺了一道,這傢伙!就是他在耍花樣。眞該死,希望他沒傷害小女孩。」

貝舒不同意。「應該不至於,畢竟他不是第一次來訪,女士似乎也是自願同行的。」

「是沒錯,但他究竟打什麼主意?爲何她沒跟我提過訪客的事?這法傑霍到底想做什麼?」

他坐進車裡時突然靈光一閃，急忙跑過馬路，走進郵局，撥了電話找雷吉娜。接通後他說：

「雷吉娜小姐在嗎？我是艾納里先生。」

「小姐剛剛出去，先生。」貼身女僕回答。

「獨自外出嗎？」

「不，先生，跟愛蘭緹小姐，她找我家小姐出去的。」

「雷吉娜小姐原本就要外出嗎？」

「不，小姐臨時決定的。不過，愛蘭緹小姐早上有給她打過電話。」

「您不知道兩位小姐去哪兒嗎？」

「不知道，先生。」

那麼，二十分鐘內，兩位女士又再次遭人帶走，這回的失蹤似乎宣告了另一個圈套及更危險的威脅。

譯註：

①加萊義士（Les bourgeois de Calais），加萊位於法國南部，於英法百年戰爭中受英軍包圍十一個月（西元一三四七年），英王愛德華三世提出投降條件為：派出六位德高望重的義士赤腳、光頭、著素服、帶頸繩，拿著城門鑰匙出面受死。後雕塑家羅丹雕塑六座義士雕像以紀念這段慘烈歷史。

chapter 6

梅拉瑪家族的祕密

這次，艾納里控制得很好，至少外表看來是這樣。他沒有動怒，也沒咒罵，但內心其實相當火大！

他看了看錶。「七點了。去吃晚餐吧！喏，那兒有家小餐館，等到八點再開始行動。」

「爲什麼不馬上行動？」貝舒說。

他們在小職員及計程車司機堆中找了個角落的位置坐下後，艾納里才回答警長。

「爲什麼？因爲我遇到瓶頸了。先前我見機行事，事先沙盤推演，想盡量避免意外發生，但還是來不及，兩位女士讓我有點疲於奔命。我得重新振作，理清頭緒。爲何這個法傑霍能將雷吉娜及愛蘭緹騙出家門？只能說這傢伙是個不能掉以輕心的男人。」

「所以你認爲，一個小時後會有事發生？」

「總得給自己期限，貝舒，這才能逼出點辦法。」

看樣子艾納里一點也不擔心，因爲他胃口奇佳，還聊了不少題外話。不過從他緊繃的舉止動作，可以想見他有多焦躁不安，他心底其實認爲事態嚴重。快八點時，他們準備離開，他對馮烏朋說：「打個電話給女爵，問問她情況如何。」

一分鐘後，馮烏朋從咖啡館的電話間回來。

「我安排的貼身女僕說沒事。女爵安好，正在用晚餐。」

「我們走吧！」

「去哪兒？」貝舒問。

「我不知道。先走吧！該行動了。該做點什麼了，貝舒，」艾納里強調，「尤其想到她們兩位都落在那人手裡時。」

三人徒步走下蒙馬特區，往歌劇院廣場前進，艾納里不時冒出幾句話，表達內心的憤怒。

「這安東尼・法傑霍是個勁敵！他讓我付出不小代價！來個調虎離山之計，趁我們忙得團團轉時才行動，眞不簡單！他想要什麼？又是什麼來歷？是伯爵的朋友嗎？只因寫了封博取他信任的信？或者就是敵人呢？究竟是敵是友？不管怎樣，他爲何帶走兩位女士？她們之前是各自被綁架，這回把她們一起帶走又打算如何？還有愛蘭緹爲什麼瞞著我？」

他沉默許久，腦子不停地轉，偶爾會跺腳，甚至撞到路邊的行人。

突然，貝舒對他說：「你知道我們在哪兒嗎？」

「知道，協和大橋。」

「所以離雲飛路不遠。」

「離雲飛路及梅拉瑪府都不遠，我知道。」

「接下來呢？」

艾納里緊抓住警長的手臂。「貝舒，我們的困難就在，這次不像以往總是有跡可尋，這回沒有任何可用的線索，不論是指紋、外型特徵、鞋印等，全都沒有，只能憑聰明才智，甚至得靠第六感。我的第六感不知不覺中引導我到這兒，所有事情都在這棟宅邸發生，先是雷吉娜被帶來，接著是愛蘭緹，還有鋪著地磚的大廳、二十五級的樓梯以及客廳……」

經過眾議院時，貝舒叫道：「不可能！你們想想，這男人為何要重複歹徒犯過的事？讓自己冒這麼大的風險？」

「這正是我弄不懂的，貝舒！如果他得冒這麼大的險才能達成目的，那麼他想要的恐怕沒這麼簡單！」

「伯爵府可不是想進去就進得去的！」貝舒說。

「不用為我擔心，貝舒。我已暗中造訪多次，徹底搜查過了，白天晚上都來過，而且老法蘭索從沒起疑。」

「那安東尼・法傑霍呢？你想他又怎麼進去的？特別是還帶了兩位女士？」

「自然是靠法蘭索的幫忙囉！」艾納里冷笑。

隨著越接近宅邸，艾納里越加快腳步，對案情似乎又多想通了一些，他頗爲不安，不曉得接下來會遇到什麼麻煩。

艾納里沒有走雲飛路，而是繞過梅拉瑪府附近的屋子，來到花園後方那條荒涼小路上。廢棄小屋後面有扇小門，愛蘭緹就是從那兒脫逃的。艾納里在貝舒詫異的眼光下，自然地拿出小門及安全門的鑰匙，將門打開。映入眼簾的是府內的花園，昏暗中他們隱約看到梅拉瑪府，宅邸一片漆黑，一點光線也沒有，百葉窗應該拉上了。

他們像愛蘭緹一樣沿著灌木叢前進，不過不是逃跑，而是要接近屋子。當他們離房子約十步距離時，突然有隻手抓住艾納里的肩膀。

「啊！做什麼？」他低語，本能地想防衛。

「是我。」一個聲音說。

「你是？啊！馮烏朋……您要做什麼，該死？」

「我的鑽石……」

「您的鑽石？」

「跟我保證您馬上就會找到鑽石。不然，您發誓……」

「別吵，」艾納里惱怒地小聲說，推了馮烏朋一把，害他跌到樹叢裡。「待在那兒！您太礙事了，去幫忙把風吧！」

「您得發誓……」

艾納里和貝舒繼續行動。客廳的百葉窗關著，艾納里仍是爬上陽台瞧了一眼，聽聽有無動靜，之後跳回地上。

「屋裡有光線，但看不到裡面，什麼也聽不到。」

「所以失敗了？」

「你也動點腦筋吧！」

花園有扇通往地下室的矮門，艾納里推開門，往下走幾步，打開手電筒，經過一間堆滿花瓶和箱子的房間，小心翼翼來到點著一盞小燈的大廳，裡面沒人。他爬上樓梯，提醒貝舒保持安靜。一上二樓，迎面就是客廳，左邊則有一間久未使用的小起居室，艾納里多次潛入梅拉瑪府，所以對屋內情況相當瞭解。

他走進起居室，摸黑沿著牆壁前進，牆的另一邊就是客廳，原本開了一扇通往客廳的門，但早已不使用，總是鎖著，而且客廳那頭也用鐵絲網封住了。艾納里拿出偷打的鑰匙開門，沒發出任何劈啪聲或嘎吱聲。他知道門後有塊掛毯，掛毯上蓋著一條布，上頭有幾個破洞，剛好可以從破洞窺見客廳的情形。

他們只聽見來來回回的腳步聲。

艾納里把手放在貝舒肩膀上，像是要藉此保持聯繫，隨時傳達他的感受。

似乎有風讓掛毯微微顫動了一下。他們等掛毯靜止不動，才把臉貼近掛毯仔細瞧著。

眼前的景象讓他們萬分驚訝，看來似乎不用衝進去救人了。愛蘭緹和雷吉娜並肩坐在沙發上，望著一位高大的金髮男士，他正在房裡走來走去。這男人，就是在「小緹安儂」遇見的那位，也就是寫信給梅拉瑪伯爵的人。

三位年輕人不發一語。兩位女士看來並不驚恐，安東尼・法傑霍也無擺出一副打算傷害威脅的惡煞模樣。他們靜靜聽著，似乎正等待什麼，不時望向靠近樓梯的房門，後來安東尼・法傑霍乾脆把門打開。

「您不擔心嗎？」雷吉娜問他。

「不會。」他回答。

愛蘭緹也開口：「已經答應我會來了。可是您確定僕人會聽到門鈴響嗎？」

「若沒聽到，我們也能按鈴通知他，不然他太太也會去庭院找他，況且門開著，不至於兩邊都沒聽見。」

艾納里緊抓住貝舒的肩膀。他們不知將發生何事，是誰答應會來，讓愛蘭緹和雷吉娜在這兒等待？

安東尼・法傑霍坐在愛蘭緹後方，兩人低聲交談，互動熱絡，看來交情匪淺。他熱切殷勤，親暱地靠近她，女孩亦未顯不悅。突然，庭院的門鈴連續響了兩聲，兩人倏地分開，法傑霍站起來。隔了一會兒，再響兩次，他知道人來了。

「是信號。」法傑霍說，快速走向樓梯間。

一分鐘後，門外傳來交談的聲音，法傑霍走進了客廳，身邊跟著一位女士。艾納里和貝舒隨即認出，那是梅拉瑪女爵。

貝舒感覺肩膀被用力揉捏，讓他簡直喘不過氣。女爵的現身讓他們倆目瞪口呆。艾納里千算萬算，也料想不到她會離開藏身處來赴敵人的約。

她臉色蒼白，氣喘吁吁，雙手微顫，不安地看著出事後就再也沒回來過的客廳，以及那兩位說出可怕證詞而讓她不但得逃走，甚至差點失去哥哥的女人。接著她對身邊的男士說：「謝謝您盡力幫忙，安東尼。因過往的情誼，我接受您的好意，但不抱太大期待。」

「要有信心，吉蓓特。」他說：「您瞧我不就找到您了嗎？」

「怎麼找到的？」

「是瑪佐拉小姐的幫忙，我去拜訪她，請她務必替您翻案。在我的拜託下，她問了雷吉娜小姐，馮烏朋曾向雷吉娜小姐透露您藏身的地方。那天早上，就是愛蘭緹・瑪佐拉小姐幫我打電話給您，拜託您過來的。」

吉蓓特低頭表示感謝，她說：「我是偷偷來的，安東尼，瞞著那位一直保護我的先生，我曾答應不管做什麼都會讓他知道。您認識他嗎？」

「尙恩・艾納里？認識呀，愛蘭緹・瑪佐拉小姐跟我提過，她也很後悔瞞著他行動。不過，一定得這樣，我不相信任何人。」

「這個人不用懷疑，安東尼。」

「最可疑的就是他，不久前我在雜貨店見過他。幾個禮拜前，我去找那女雜貨商，她手上有令兄被偷的東西。當時他也在場，跟馮烏朋、貝舒警長一起，我覺得他看我的眼神不友善又狐疑，甚至想跟蹤我，不曉得打什麼算盤。」

「他或許能助您一臂之力……」

「免了！叫我跟這來歷不明的騙子合作，叫我完全聽命於這可疑又狡詐的唐璜？不，不，絕不。再說我們目的不同，我是爲了找出眞相，他只想順便騙走鑽石。」

「何以見得呢？」

「猜也知道，他的企圖我清楚得很。況且，據我所知，貝舒警長和馮烏朋也這麼認爲。」

「不是這樣的。」愛蘭緹肯定地說。

「或許吧！但我就當他是這樣。」

艾納里聽得興致高昂，他強烈感受到此人對自己的嫌惡。雖然他也討厭這傢伙，但不得不說，他確實態度誠懇，是眞心想幫忙。吉蓓特和他過去是什麼關係？他喜歡她嗎？而現在，他又是如何贏得愛蘭緹的好感及配合呢？

梅拉瑪女爵好長一段時間默不作聲。最後，她喃喃地說：「我該怎麼做才好？」

法傑霍指著愛蘭緹和雷吉娜。「您得先說服她們。她們控告您有罪，但我相信您是無辜的，且爲了讓她們覺得事有蹊蹺，才會安排這次會面。剩下的，只能靠您完成了。」

「怎麼完成呢？」

「把事情交代清楚！這起案子，令人匪夷所思，加上牽連出許多案外案，讓案情更形複雜，造成法官只能根據薄弱的證據判決。這其中，有些是您知情的。」

「我什麼都不知道。」

「您一定知道某些事，迫使您們這對無辜兄妹無法反抗的原因。」

她疲憊地回答：「任何抵抗確實都沒用。」

「我並不是要您抵抗，吉蓓特，」他激動地大喊，「我是問讓您無法抵抗的原因，先別管案子本身。說吧！吉蓓特，說說那些迴盪在腦海中、藏在內心深處的祕密，說說那些尙恩・艾納里問不出所以然的事情，儘管我大概知道來龍去脈，吉蓓特，我與您曾像親人般在這宅邸一起生活，對梅拉瑪家族的祕密自然略知一二。我很願意出面說明，但到底應該由您來說。吉蓓特，只有聽您親口敘述，才能說服愛蘭緹・瑪佐拉及雷吉娜・奧布里兩位小姐。」

吉蓓特手肘貼膝，頭埋雙手，低語說：「有什麼意義呢？」

「什麼意義？我已經打聽到明天將安排兩位小姐與令兄對質。只要她們願意說出模稜兩可的證詞，讓法官掌握不了確切證據，您想這代表什麼意義？」

吉蓓特依舊沮喪消沉，無論怎麼勸都起不了作用。她再次說：「不……不……沒有用的，只有保持沉默。」

「或是死路一條。」他說。

她抬起頭。「死路一條？」

他彎腰靠近她，嚴肅地說：「吉蓓特，我跟伯爵先生聯繫過了。我寫信給他，向他保證一切將平安無事，他也回我信了。」

「他回信給您，安東尼？」她說，眼中閃著感激。

「這是他寫的便箋，幾個字而已，讀出來吧！」

她看著哥哥的字跡，照唸出來。

謝謝。我就等到星期二晚上，否則……

讀完，吉蓓特差點昏厥，她喃喃道：「星期二……是明天。」

「沒錯，就是明天。假如明晚對質結束，阿德安・梅拉瑪沒能得到釋放，他就會立刻在牢裡自盡。吉蓓特，您不想救他出來嗎？」

她激烈顫抖，重新把臉埋進雙手。愛蘭緹和雷吉娜滿懷同情地看著她。艾納里揪緊了心，他試了多少次想從她身上問出什麼，都因對方的反抗及固執而失敗，現在她終於願意說了！吉蓓特哽咽哭泣著，聲調有些模糊難辨，她開始敘述事情始末。

「梅拉瑪家族沒有祕密，真要說有什麼祕密，就是企圖抹去上個世紀的錯誤，也就是我們兄妹犯下的錯誤。然而其實我們什麼也沒做，倘若我們兩個是無辜的，那居爾和阿逢斯・梅拉瑪也該是無辜的。我無法證明我們本身的清白，所有的證據皆指控我們有罪，每一樣都對我們極爲不利。但我們心裡明白，我們沒有偷竊。這點，我們都十分清楚，可不是嗎？我知道阿德安和我不曾帶兩位女士來這兒，也沒有拿走鑽石和私藏禮服，我們心知肚明；甚至知道同樣的事，也發生在祖父及曾祖父身上。我們家族始終認爲他們兩位是無辜的。儘管他們遭到控告判刑，父親仍告訴我們他們遭到冤枉。正直、榮譽是梅拉瑪家族的家規，回溯家族歷史，毫無污點。他們富有又受人敬重，爲什麼會突然沒來由地犯罪？而我哥哥和我，又爲何會無緣無故敗壞門風，敗壞家族優良的傳統？」

吉蓓特頓住一會兒。她悲痛欲絕，語調充滿灰心與絕望，兩位年輕女士也爲之動容。

愛蘭緹走到她面前，揪著一張臉，對她說：「然後呢？夫人……然後呢？」

「然後，」她回答：「我們就莫名其妙成了受害者。如果說有祕密，這股想擊倒我們的神祕力量就是祕密。劇院上演的悲劇裡，就演過受命運糾纏幾世代的家族故事。這四分之三個世紀以來，我們只能默默忍受，毫無招架之力。或許一開始，居爾·梅拉瑪受到這些可怕的磨難時，他能夠也願意反抗，但很不幸，怒急攻心之下，他因腦溢血死在牢裡。二十五年後，他的兒子阿逢斯也陷入相同的困境，不過他沒有抵抗。他遭到各方追捕，無助又害怕，再想起父親遭受的極大痛苦，最終選擇自殺。」

吉蓓特·梅拉瑪再次沉默。而愛蘭緹也再次顫抖地對她說：「接著呢？夫人，拜託您繼續說下去。」

女爵又開口：「然後開始有了梅拉瑪府受到詛咒的傳說，居住其中的父子受詛咒所害，才會相繼死於醜聞。梅拉瑪夫人精疲力盡，與其留下來捍衛丈夫的名譽，寡婦選擇避居鄉下娘家，扶養兒子長大，也就是我的父親。奶奶告訴他巴黎很險惡，要他發誓永遠不回梅拉瑪府，結婚就在鄉下結，才得以保全父親不受惡難侵襲。」

「不受惡難侵襲？」愛蘭緹說：「跟回不回梅拉瑪府有關嗎？」

「有，絕對有！」女爵激動地大喊，「死神就在這屋子裡，假如他返回府邸，就會跟先祖一樣死於非命。梅拉瑪家族的亡靈陰魂不散，不斷糾纏、攻擊後代子孫，這回輪到我們。父母死後，換哥哥和我承受這宿命。剛開始，我們懷抱希望，拋開過去，從鄉下回來，高興邁入雲飛路宅邸的大門，搬進祖屋。我們一開始做好遇到威脅與危險的準備，特別是我哥哥。我自己結過婚，也離婚了，享受過幸福，也體驗過不幸。但一回到祖屋，阿德安就變得鬱鬱寡歡。他做了一個偉大且痛苦的決定，決心終生不娶，想斷了梅拉瑪的血脈，好避開厄運，終結一連串不幸，他將成為梅拉瑪家族最後一位男丁。他實在害怕啊！」

「怕什麼呢？」愛蘭緹問道，聲音顫抖著。

「怕令人措手不及的劫難，怕十五年前的意外會重演。」

「是發生什麼怪事讓他有不好的預感嗎？」

「沒有，但敵人已暗中策劃陰謀，不懷好意地窺伺包圍、逐步逼近，然後突然發動攻擊。」

「什麼攻擊？」

「就幾個禮拜前發生的事，看起來是普通的小意外，卻是可怕的警告。某天早上，我哥哥發現掉了一些東西，一些不太重要的東西，拉鈴繩、燭台托盤等等！其他貴重物品反而安然無恙，這表示快出事了……」她頓一下才把話說完：「是時候了，雷將打下來了。」

吉蓓特吐出這幾個字，語氣惶恐，眼神迷惑。此刻，大家皆能感受到他們兄妹倆遭受的莫大痛苦。接著她緩緩道出，當她口中的雷打下來時，他們是多麼震驚，事情又是多麼令人悲痛及無力回天。

「阿德安試著戰鬥，他刊登了一則尋物啓事，希望能壓制厄運。他認為，如果能把宅邸不見的東西找回來，如果失物能重新回到放了半世紀的位置，就表示糾纏梅拉瑪家族的神祕力量不會再攻擊我們。但希望落空了，我們只能坐以待斃。那天兩位來這兒，我們素未謀面，卻被指控犯下根本不知道的罪行。一切都完了，何必反抗呢？我們突然覺得萬念俱灰。第三次了，梅拉瑪家族三度蒙受不白之冤，我們陷入了與居爾及阿逢斯・梅拉瑪同樣的黑暗。終結苦難的方式無異，只有自殺和死亡。這是梅拉瑪家族的宿命，既然如此，也只好逆來順受，祈求上帝。規則已然確立，不容抵抗。實在太痛苦了！一個世紀來我們揹著怎樣的重擔啊！」

吉蓓特終於結束痛苦的告白，隨即重又陷入事發之後的混亂迷惘中。故事聽來確實不幸，可是她所言實在太詭異，甚至有點違反常理，讓人不敢貿然同情，也無法輕易對他們承擔的不幸表達敬佩之意。

安東尼・法傑霍一句話也沒說，走到她身邊，敬重地親吻她的手。愛蘭緹哭了，雷吉娜雖然沒哭，也同樣深受感動。

chapter 7

救命恩人法傑霍

躲在掛毯後方的尙恩・艾納里和貝舒一動也不動，頂多艾納里的手指不時會緊抓貝舒，令他感到疼痛。

趁著吉蓓特說完的空檔，艾納里在同伴耳邊說：「你怎麼想？覺得事情清楚了嗎？」

警長小聲說：「梅拉瑪這邊是清楚了，但案情反而更錯綜複雜。儘管得知梅拉瑪家的祕密，可是整起事件、綁架案、鑽石的去向仍然沒有答案。」

「沒錯，馮烏朋運氣眞差。不過，有點耐心吧，瞧，法傑霍先生不曉得要做什麼。」

安東尼・法傑霍離開吉蓓特，轉向兩位年輕女士。現在，輪到他向大家說明他的計畫了。

他問：「愛蘭緹小姐，您相信吉蓓特・梅拉瑪所說的話嗎？」

「相信。」

「您也相信嗎，小姐？」他問雷吉娜。

「是的。」

「那妳們兩位決定助她一臂之力了嗎？」

「對。」

他繼續說：「總之，我們得慎重行事，全力求取計畫成功，也就是讓梅拉瑪伯爵重獲自由。而這點，得靠妳們才辦得到。」

「該怎麼做呢？」愛蘭緹說。

「很簡單，只要降低證詞的可信度，削弱控訴的力道，說法盡量含糊籠統、似是而非。」

「可是，」雷吉娜表示：「我的確被帶來這個客廳，這點我無法否認。」

「不用否認。但您能肯定帶您來的就是梅拉瑪伯爵及梅拉瑪女爵嗎？」

「我認出女爵的戒指了。」

「您如何確定是同一枚戒指？實際上，法庭看到的證據都只是推測，預審也未加重原來的罪名。要知道，法官也非常頭痛。只要您願意語帶保留地說：『這枚戒指很像我看到的那枚。不過，珍珠擺放的角度似乎不太一樣。』那麼，案情就會大逆轉。」

「可是，」愛蘭緹說：「這樣的話，梅拉瑪女爵也得出席公聽會。」

「她會出席的。」安東尼・法傑霍說。

這突如其來的消息讓吉蓓特驚慌失措地站起來。

「出席？我也要參加？」

「一定得這樣，」他堅決地說：「不要再猶豫或逃避了，現在該做的就是面對指控，並逐步證明自己的清白。您要面對現實，別再害怕，別再逆來順受，別再意志消沉，更得激發伯爵抵抗到底的決心，您也要堅持到最後。今晚您就住這兒，這是您家，就當作不曾被尙恩・艾納里冒冒失失帶離開過。明天公聽會舉行時，您就照實說明，我們一定會贏，只要有信心。」

「可是我會被逮捕……」她說。

「不會的。」

安東尼・法傑霍斬釘截鐵，表情堅定，吉蓓特・梅拉瑪不禁低下頭，不再表示意見。

「我們很願意幫助您，夫人。」愛蘭緹接著說，她語氣激動，一面推敲案發經過，提出合理的懷疑，「可是，眞能幫上忙嗎？畢竟我與雷吉娜雙雙被綁到這兒，還指認了這間客廳，警方也從書房搜出禮服，這樣，法庭會相信梅拉瑪女爵及她哥哥無罪嗎？至少會被當作共犯吧？他們住在府裡，案發當時又沒出門，照理來說，應是親眼目睹，甚至參與犯案才對。」

「他們什麼也沒看到，完全一無所知，」安東尼・法傑霍說：「我最好介紹一下宅子的格局。三樓左側靠近花園這一邊，是伯爵及女爵的房間，他們在那兒用餐，然後整晚待在房裡。至於右側，同樣靠近花園這邊，是傭人的房間，一、二樓都沒住人，庭院及花園也無人走動，歹徒能在這些地方恣意妄爲，才被選作案發地點，把妳們帶到這兒，而您，小姐，也是從此處逃脫的。」

她反駁：「太難以置信了！」

「是很難相信，但確實有可能，畢竟同樣的事情已經發生三次，說不定問題就出在此。梅拉瑪家三代，居爾、阿逢斯，包括阿德安，很可能就是毀於這樣的格局。」

愛蘭緹聳了聳肩。「雖然事情發生過三次，但三次犯案的人都不同，您的意思是每次歹徒都注意到梅拉瑪府的格局？」

「犯案的人的確不同，不過他們都知道一件事，即梅拉瑪家族的祕密，是代代相傳的恐懼與膽怯。而敵人的祕密，則是代代相傳的貪婪與掠奪，以及享有逍遙法外的特權。」

「可是何必來梅拉瑪府？他們大可在車裡搶雷吉娜．奧布里小姐，怎會冒著被發現的危險，帶她進屋才搶走鑽石馬甲？」

「冒險？不，這步棋才叫高明，這樣才能誣賴他人，保他們自己無罪。」

「不過我什麼都沒被偷，也沒東西可偷，畢竟我什麼也沒有。」

「這男人跟蹤您或許是出於愛慕。」

「所以，我也一樣被帶來這兒？」

「對，爲了嫁禍他人。」

「只有這個動機嗎？」

「不止。」

「還有別的？」

「還有怨恨吧！或許兩邊家族曾有什麼恩怨，導致其中一方不斷圖謀傷害另一方。」

「梅拉瑪伯爵及梅拉瑪女爵知情嗎？」

「不知道，所以才處於劣勢，注定只有挨打的分。百年來，敵人從未停止對付梅拉瑪家族，梅拉瑪家族一直不知對方身分，而對方不但知情，更圖謀不軌，逮到機會就攻擊，導致梅拉瑪家族以爲遭惡靈糾纏。其實，純粹是某一群人，因傳統、因習慣、因受不了誘惑，利用這個現成的犯案現場，完成他們的工作，當然也得留下犯案證據，例如那件禮服。如此一來，梅拉瑪家族的人會受到指控，也就是爲什麼所有的受害者，比如兩位，都能指認出自己被帶到這裡。」

愛蘭緹似乎不太滿意，雖然這麼解釋還算合理，尤其能呼應吉蓓特的說法，但仍有些牽強，若眞要挑毛病的話，很容易站不住腳，此外，又對既有的證據避重就輕，法庭不會照單全收的。只是往好的方面想，這不失爲一個說法，而且會讓人覺得應該距事實不遠。

「就這麼辦吧！」她說：「所以您推測……」

法傑霍糾正：「是確信。」

「所以您確信，不論法庭是否採信，都得當庭陳述事實。但由誰去說？誰有自信能說服法官聆聽？並且靠十足的誠意令庭上信服？」

「我。」法傑霍果決地說：「只有我辦得到。明天梅拉瑪女爵一說完，我會以她老朋友的身分發言，甚至大方承認對她的感情，稱當年只要她點頭，我們也許就能從朋友變爲情人，那我將多幸福啊！我會說因告白被拒，才遠走他鄉，多年後重返巴黎時，得知他們正遭逢苦難，我發誓證明他們兄妹的清白，所以找出她藏身之處，並說服她回家。」

法傑霍繼續說：「等法官開始因您及雷吉娜模稜兩可的證詞動搖時，我就重述吉蓓特的隱情，和盤托出梅拉瑪家族的祕密，最後發表結論引起法庭重視，如此必能成功翻案。不過，如您所見，愛蘭緹小姐，得由您和雷吉娜・奧布里踏出第一步。若妳們不能下定決心，若妳們只注意到我陳述裡的矛盾及不足，那麼請看看吉蓓特・梅拉瑪，再捫心自問這樣的女人會是小偷嗎？」

愛蘭緹不再猶豫，率先表態：「明天我會照您說的辦。」

「我也是。」雷吉娜說。

「不過，先生，我很怕結果不如大家預期。」愛蘭緹說。

他肯定沉著地回應：「我保證會一切順利。明天晚上阿德安・梅拉瑪或許還不能出獄，但情況勢必會轉變，至少法庭不敢扣留梅拉瑪女爵，她哥哥也會抱著希望活下去，直到重獲自由的那一刻。」

吉蓓特又一次握住法傑霍的手。「再次謝謝您，過去我錯看您了。安東尼，請別怪我。」

「我從沒怪您，吉蓓特，能幫您是我莫大的榮幸。我願意這麼做，不只是因爲過去的交情。也因爲這是該做的，更因爲……」他表情嚴肅，低聲說道：「人本來就會積極努力，想在某些人面前做出一番成就，以求贏得他們的敬重及情感。」

這段獨白簡潔明瞭，不帶任何矯揉造作，成功贏得愛蘭緹的尊敬。但因爲這齣戲碼的演員站的位置，剛好讓艾納里看不見他們的表情，因此，他以爲這番話是對吉蓓特・梅拉瑪說的。不過，才一秒鐘，他似乎猜到眞相，結果讓貝舒兩邊肩膀痛不欲生。警長從沒想過手指頭也能有鐵鉗的力道，幸好沒持續太久。

安東尼・法傑霍不再說下去，拉拉鈴叫來老僕人夫婦，仔細教他們明天該扮演的角色及應對方式。艾納里也暫時停止猜測，他們又偷聽了幾分鐘。談話似乎已經結束，雷吉娜提議送愛蘭緹回家。

「走吧！」艾納里低聲說：「他們說完了。」他起身離開，對安東尼・法傑霍及愛蘭緹極爲惱怒，穿過起居室及大廳時，還希望最好被聽到，就能發洩他的不滿。

艾納里滿肚子怒氣，一走出屋外，馮烏朋立刻從樹叢裡冒出來，向他索討鑽石，他一把撞開馮烏朋，頭也不回地離去。

而當貝舒說出自己的想法時，運氣也沒好到哪裡去。

「看來，這男的也沒那麼討厭。」

「蠢材！」艾納里咬牙切齒地說。

「爲什麼罵蠢材？不能否認他眞心想幫忙吧？他的假設……」

「愚蠢至極！」

警長決定換個說法。「沒錯，我知道，我們是在『小緹安儂』店舖見過他，而他與老闆娘對看一眼後，老闆娘就不見人影了。但你不覺得他說的可行嗎？」

艾納里無意討論。一離開花園，他就丟下兩個同伴，逕自去搭計程車。馮烏朋認爲他拿走鑽石，直追著他要，結果被賞了一記右勾拳。

十分鐘後，艾納里已經躺在家裡的沙發上了。

每當他覺得快失控，擔心自己將做出蠢事時，就會躺在沙發上試著冷靜下來。其實他現在最想做的，就是衝到愛蘭緹家，要她給個解釋，還要她提防安東尼·法傑霍。但欲速則不達，目前更重要的是仔細想想剛才談話的內容，歸納出合理的結論，才不會落人話柄，說他愛面子又善妒。

「大家都聽他的，」他惱怒地說：「要不是在『小緹安儂』見過他，我說不準也跟其他人一樣受騙。況且，他講的也未免太蠢了！根本破綻百出，在法庭或許行得通，但我可不買帳。他到底有何企圖？爲什麼如此盡心幫助梅拉瑪兄妹？而且他怎敢化暗爲明，甚至甘冒風險，挺身而出？明明曉得會被調查來歷，挖出底細，卻仍不退縮？」

艾納里還是很氣惱安東尼·法傑霍竟能打動愛蘭緹，且不知用什麼方法，對她產生不可思議的影響，不但讓這年輕女孩背棄承諾，瞞著他行動，甚至與他對立。對艾納里來說，這簡直是莫大的侮辱。

*　　　　*　　　　*

第二天晚上，貝舒興沖沖地跑來艾納里家。

「成功了！」

「什麼？」

「法庭採信了。」

「跟你一樣嘛！」

「我？不，但我承認……」

「你承認跟其他人一樣被騙，法傑霍把你們唬得一愣一愣的。好了，說說公聽會的情形吧！」

「開始時就按既定的順序進行，先是對質，然後訊問。由於愛蘭緹和雷吉娜語帶保留，甚至推翻先前的說詞，讓法官大傷腦筋。之後女爵及法傑霍突然現身，一切照計畫進行。」

「法傑霍不過是個戲子。」

「對，魅力難擋的戲子，辯才無礙，能言善道！」

「夠了！這種人我很清楚，譁眾取寵他最行。」

「我跟你保證……」

「所以，不起訴了？伯爵將獲得釋放？」

「明天或後天。」

「你還眞倒楣，可憐的貝舒！你得爲抓錯人負責了。對了，愛蘭緹表現得怎樣？完全照法傑霍說的做嗎？」

「我聽到她對女爵說想離開一陣子。」貝舒說。

「離開？」

「對，她要去某個鄉下朋友家休息一段時間。」

「好極了。」艾納里說，這消息讓他心情大好。「再見，貝舒。去幫我查查安東尼．法傑霍及緹安儂大嬸的資料吧！我得好好睡一覺，別來吵我。」

艾納里所謂的睡眠，就是閉關抽一整個禮拜的雪茄。只是這期間馮烏朋跑來追討鑽石，甚至以死相逼；還有雷吉娜也來挨著他，他得一邊避免弄亂自己的思緒，一邊回她幾句話；而貝舒這邊，則是來電告知以下情報。

「根據護照資料，法傑霍現年二十九歲，生於布宜諾賽利斯，雙親均是法國籍，都已過世。三個月前來到巴黎，住在城堡街的國際飯店。無業狀態中，與賽馬界及汽車業略有往來，其他私生活及過去背景查無資料。」

接下來那個禮拜艾納里依舊足不出戶。他不停思考著，有時候會高興地搓手，或焦慮地走來走去。直到某天，他又接到一通電話。是貝舒打來的，聲音斷斷續續：「快來，一秒鐘都別耽擱。拉法葉街的羅尙博咖啡館見，事態緊急！」

戰爭開打了，艾納里開心前往，他現在思緒清晰，事情對他來說似乎沒那麼膠著了。到羅尙博咖啡館後，艾納里在貝舒旁邊坐下，貝舒挑了面對窗戶的座位，能清楚看到馬路的情況。

「我猜你不會爲了一點小事找我出來吧？」

貝舒因爲成功找到線索，滿心驕傲，打算好好自吹自擂一番，他開口道：「在我調查的同時……」

「別講那麼多廢話，老先生，講重點。」

「結果，緹安儂大嬸的店舖還是固執地關著……」

「店舖不會『固執地』，我建議你用電報文體，甚至用簡單的法文就好。」

「結果，店舖……」

「你說過啦。」

「啊！是你一直打斷我。」

「你到底要說什麼？」

「我是要說店舖租約上登記的名字是一位洛荷絲・馬丁女士。」

「你看根本不需要長篇大論就講完了。洛荷絲・馬丁就是女雜貨商嗎？」

「不是，我跟房東談過。洛荷絲・馬丁不超過五十歲。」

「所以她是轉租給別人？還是請人來顧店？」

「正是，她僱用女雜貨商，我想應該是她姊姊。」

「洛荷絲・馬丁住在哪兒？」

「查不出來。租期是十二年，上面登記的地址不是女雜貨商的。」

「那她怎麼付房租？」

「透過一位跛腳的老先生。調查至此，我百思不得其解，結果今天早上事情的發展，幫了我大忙。」

「眞是可喜可賀，長話短說可以嗎？」

「好，長話短說。今早在警局，我接獲消息，有位婦人想拿五萬法郎給市議員勒庫塞先生，希望他能更改某份已經定案且即將提交的市政報告。勒庫塞先生近期醜聞纏身，名譽大受影響，正想找機會重振聲望，因此他立刻通知警方。這位婦人應該很快就會出現在勒庫塞先生每天都會去的選民服務處，把錢交給他。服務處隔壁的房間埋伏了兩名警察，從那兒能看到整個行賄的過程。」

「婦人有透露名字嗎？」

「沒有，但巧的是勒庫塞先生過去曾與她接觸過，她倒忘了。」

「所以是洛荷絲・馬丁？」

「就是洛荷絲・馬丁。」

艾納里十分雀躍。「太好了，共犯網絡已經從法傑霍連結到緹安儂大嬸，現在延伸到洛荷絲・馬丁。反正只要能證明法傑霍這小子的詭計，我就覺得開心。那麼，市議員辦公室在哪兒？」

「對面那棟屋子，是樓中樓，開了兩扇窗戶。辦公室前面有間小迎賓室，與辦公室一樣正對大廳。」

「你交代完了嗎？」

「還沒，不過時間緊迫，已經一點四十五分了，而且……」

「你就說完吧！跟愛蘭緹有關嗎？」

「有。」

「啊！什麼事？」

「我昨天遇到你的愛蘭緹。」貝舒的語氣帶著些許嘲笑。

「什麼！可是你說她離開巴黎了！」

「她人沒離開。」

「你遇見她？你確定是她嗎？」

貝舒沒答腔。他突然站起來，躬身貼近窗戶。

「瞧！是馬丁女士。」

對街果眞有個女人剛步下計程車，並付錢給司機。她身材高大，衣著普通，臉孔稜角分明，凹陷憔悴，大約五十歲年紀。屋子的大門敞開，她走進去，消失在走道入口。

「就是她。」貝舒說完，打算離開咖啡館。

艾納里抓住他的手腕。「你爲何開我玩笑？」

「你瘋了！我沒開玩笑。」

「有，剛才，愛蘭緹的事。」

「我得立刻趕去對面，放手！」

「你不回答，我就不放你走。」

「好啦！我撞見愛蘭緹在她家附近的街上等人。」

「等誰？」

「法傑霍。」

「你說謊！」

「我親眼看見他們一起離開。」

貝舒成功掙脫艾納里，穿過馬路，但他沒進屋裡，顯然還在考慮什麼。

「還是別進去，守在外頭好了，」他說：「這樣萬一馬丁這婦人躲過樓上的圈套想逃走，我們還能立刻跟蹤她。你覺得呢？」

「我才不在乎。」艾納里回答，口氣越來越激動，「我要知道愛蘭緹的事，你去過她母親家嗎？」

「你煩不煩哪！」

「聽著，貝舒，如果你不回答我，我就去警告洛荷絲・馬丁。你見過愛蘭緹的母親了嗎？」

「愛蘭緹沒離開巴黎。她每天都出去，晚餐時間才回家。」

「謊言！你把我當白癡嗎？我很清楚愛蘭緹，她不會這樣……」

七、八分鐘過去了。艾納里不發一語，在人行道上走來走去，不時還會跺跺腳或撞到路人。貝舒則提高警覺，緊盯著入口。突然，他看到那個女人從門口冒出來，四處張望後便往另一個方向走去，她步伐極快，神色看來很慌亂。

貝舒緊跟在後。女人來到地鐵站的樓梯口，此時一輛列車甫進站，她立刻衝進車門，快速驗了車票，由於貝舒離她有一段距離，就此跟丟。他原想打電話通知下一站的站員，又擔心假如勞師動眾，結果一無所獲，豈不是浪費時間，只好打退堂鼓。

「白忙一場！」貝舒與艾納里會合時這麼說。

「當然啦！」艾納里冷笑，對貝舒的沮喪十分幸災樂禍，「因為你順序不對，竟先做無關緊要的事。」

「不然該做什麼?」

「一開始就該到勒庫塞先生辦公室，結果你只顧著追捕馬丁女士。除此之外，愛蘭緹的事你把我當笨蛋，對我的問題敷衍搪塞，反正，你得爲樓上發生的事負責。」

「發生什麼事了?」

「上樓看看吧!說眞的，你運籌帷幄的能力實在不怎麼樣!」

貝舒上樓來到市議員的樓中樓辦公室，那兒一片混亂吵鬧。兩名奉命監視的探員像瘋子一樣大呼小叫，上樓關切的大樓管理員也跟著驚呼，另外還有一些跑來湊熱鬧的房客。辦公室中央的沙發上，躺著奄奄一息的勒庫塞先生，額頭中彈，滿臉是血。他沒留下隻字片語就斷氣了。

探員向貝舒報告事發經過。他們聽到那位名叫洛荷絲・馬丁的女士再次提出更改市政報告的要求，並且數著鈔票準備交付。然而，當他們正準備闖進辦公室時，勒庫塞先生卻太早喊叫出聲，以致招來殺機。女人驚覺事情有異，可能因此插上門栓，他們無法打開房門，只能在外頭猛敲。

後來他們想直接到大廳攔住她的去路，結果通往大廳的門也打不開，不是被反鎖，也沒有上門栓，而是從外頭被堵住，顯然不是那女人動的手腳。就在他們費勁推門時，槍聲響起。

「馬丁那時已經在屋外了呀。」貝舒反駁道。

「人不是她殺的。」其中一位探員回答。

「那會是誰？」

「唯一有可能的是那個糟老頭，我們看到他坐在大廳椅子上，等著見議員，勒庫塞先生見完那女人後就輪到他了。」

「他絕對是共犯。」貝舒說：「但他是怎麼關上另一道門的？」

「用鐵鉤穿過門把，完全推不開。」

「然後他怎麼樣了？沒人看到他嗎？」

「有，我看到了。」管理員說：「我一聽到槍聲，就衝出值勤室，正巧遇見一名老人走下樓，他冷靜地對我說：『樓上有人在打架，快上去看看！』或許就是他開的槍。不過實在很難對他起疑，他老態龍鍾、彎腰駝背，根本站不直，腳也跛了。」

「他跛腳？」貝舒大叫：「您確定？」

「非常肯定，不但跛腳，身材也很矮小。」

貝舒自言自語道：「他就是洛荷絲．馬丁的同夥，見她有危險，才殺死勒庫塞先生。」

艾納里邊聽探員及管理員的陳述，邊翻閱辦公桌上堆積的文件夾。他開口問：「您知道洛荷絲．馬丁指的是哪份報告嗎？」

「不知道，勒庫塞先生沒說得很清楚。只知道對方要的剛好是議員先生負責的報告，而且希望更動部分內容。」

艾納里逐一瀏覽各文件標題：屠宰場報告、地方市場報告、舊沼澤街拓寬報告……

「所以你怎麼認為？」貝舒問，他來回踱步，為這起意外煩惱不已，「真是令人作嘔的案子，對嗎？」

「什麼案子？」

「這起謀殺案啊！」

「我剛說了，本人一點兒也不在乎你的事！死者是個收賄慣犯，你做事則跟笨蛋一樣，還指望我為二位做什麼嗎？」

「但是，」貝舒仍不死心，「如果洛荷絲・馬丁是殺人犯，你就能假設法傑霍也脫不了關係……」

艾納里滿臉怒氣，從齒縫間擠出幾句話：「法傑霍也是凶手，他不是個好東西。假如落入我手裡，我絕對不會同情他，而且他就要落進我手裡了，千真萬確，跟我的名字一樣確切，我是指真名……」他突然打住，戴上帽子快步離去。

他招了輛車，來到維安爾路愛蘭緹的家，時間是下午兩點五十分。

「啊！艾納里先生，」瑪佐拉太太叫道：「真是好久不見！愛蘭緹會遺憾沒見到您。」

「她不在嗎？」

「不在。每天大約這個時間，她都會出門散步，您沒遇見她還真奇怪。」

chapter 8

縱火犯馬丁家族

愛蘭緹和她母親長得十分相像，只是瑪佐拉太太因年紀及操勞，不再貌美如昔，但她仍精神飽滿、活力十足，讓人相信當年的她，必定比女兒還美。爲了撫養三個孩子，也爲了忘卻大女兒及二女兒私奔帶給她的傷痛，她一直拚命工作，現在還接了修補花邊的活兒來做，她擅長女紅，多少能貼補家用。

艾納里走進屋內，空間雖小，卻明亮且一塵不染。

「您想她很快就會回來嗎？」他問。

「我不太確定。自從發生那一連串事件，愛蘭緹就不太提她在做什麼了。她總是怕我操心，而外界關於她的傳言不斷，也讓她心情受到影響。不過，她是有說要去探訪一位生病的模特兒。她早上剛接到這位年輕女孩來信求助，您也知道愛蘭緹心腸好，照顧同伴總不遺餘力。」

「那位年輕女孩住很遠嗎？」

「我不知道她的地址。」

「眞可惜！我很想跟愛蘭緹聊聊呢！」

「這倒不難，她應該把信丟進字紙簍，混在廢紙堆裡了，我還沒燒掉廢紙，我找找……啊！應該是這封。沒錯，跟我記得的一樣。她叫瑟西樂・荷露茵，住在樂瓦洛・貝賀區，古西大道十四號。愛蘭緹大約四點會到那兒。」

「她和法傑霍先生會在那兒碰面嗎？」

「什麼話！愛蘭緹不喜歡同男士外出，況且，法傑霍先生本就已經常來了。」

「啊！他常來？」艾納里語帶激動。

「幾乎每晚都來哩。他們聊的都是愛蘭緹感興趣的事，您知道的，救助基金。法傑霍先生提供她一大筆資金，兩人一塊兒編列預算，規劃如何使用。」

「看來法傑霍先生很有錢囉？」

「非常有錢。」提到這點，瑪佐拉太太不自覺地提高音量。

顯然女兒不想讓媽媽擔心，並沒告訴她策劃幫助梅拉瑪兄妹脫罪的事。於是艾納里順勢回應：「有錢，人又好。」

「非常好，」瑪佐拉太太表示贊同，「他很關心我們。」

「或許是一段好姻緣呢！」艾納里促狹道。

「噢！艾納里先生，您別開玩笑了，愛蘭緹沒想這些。」

「誰知道！」

「不，不。問題出在愛蘭緹，她不會永遠跟法傑霍先生這麼要好。我的小愛蘭緹很善變，常受外在事物影響。最近她變得更神經質，有點難以捉摸。噢，您知道她跟雷吉娜・奧布里小姐鬧脾氣嗎？」

「怎麼可能？」艾納里叫道。

「真的，而且沒來由地吵，或者有什麼她沒告訴我的原因。」

聽到她倆吵架讓艾納里相當意外，到底出了什麼事？

他們又聊了一會兒，艾納里便急著離開，想去找愛蘭緹，但時候尚早，因此他請司機開往雷吉娜・奧布里家。艾納里抵達時，雷吉娜正好要出門，對他的問題，只能倉促應答：「我跟愛蘭緹不愉快？我是沒有，但她可能有。」

「到底發生什麼事？」

「有天晚上，我到她家作客，那天梅拉瑪伯爵的朋友安東尼・法傑霍也在場。大家正在聊天，有一、兩次，愛蘭緹對我不太友善。後來我就離開了，也不知道她怎麼了。」

「沒其他的事？」

「沒了，就這樣。艾納里，要是您真的那麼重視愛蘭緹，就得當心法傑霍。他很積極，愛蘭緹似乎也有些動心。再見，艾納里。」

雷吉娜這麼一提，艾納里陷入沉思，仔細探究愛蘭緹及法傑霍的關係。突然間，他懂了。除了立刻察覺是法傑霍哄騙愛蘭緹上當，也發現愛蘭緹在他艾納里心中佔了多麼重要的位置。

儘管法傑霍真的愛上她，且大膽追求，愛蘭緹會因此墜入情網嗎？艾納里感到一陣難受，他問這樣的問題，對愛蘭緹是多大的蔑視，而他自己又得承受多麼難忍的侮辱。

他感到情緒沸騰，與生俱來的自尊心一下子受了重傷。

「三點四十五分。」他喃喃自語，把車停在距目的地不遠處。「她會自己來嗎？還是由法傑霍陪同？」

樂瓦洛．貝賀區的古西大道最近剛進行拓寬，其位於工業區的外圍，藏身塞納河旁的寬闊平地間，那兒尚存幾間小工廠及生產設備。路旁的兩座磚牆中間，開了一條狹窄泥濘的小通道，直走到通道盡頭，就能看到一道半毀的柵欄上用瀝青寫著「十四號」。

往內走有一條幾公尺長的露天走廊，堆滿了老舊輪胎和廢棄的汽車底盤，走廊正好圍繞一棟漆成棕色的木造房屋，看來像是修車廠，修車廠外面有一座通往閣樓的樓梯，閣樓這面只開了兩扇小窗。樓梯下方有道門，上頭寫著「入內請敲門」。

艾納里沒有敲門，反而考慮了一會兒，他認為在外面等愛蘭緹似乎較為恰當，此外，一陣莫名的感覺湧上心頭，也令他止步。他覺得這地方十分詭異，再說，一個生病的年輕女孩住在這人煙罕至的修車廠閣樓未免太奇怪了。他突然有種預感，這是騙愛蘭緹來的陷阱，他想起那幫引發整起事件的匪徒，不知為何不斷增加攻擊的頻率。從下午開始，先是賄賂並殺害市議員，兩小時後，又設下陷阱誘騙愛蘭緹。洛荷絲・馬丁、緹安儂大嬸和跛腳老頭不過是聽命行事，首腦則是安東尼・法傑霍。

想到這兒，眼前的情況更令他起疑，他想歹徒應該不在屋內，因為裡面沒傳出任何聲音，他決定見機行事，先進去再說。

艾納里小心翼翼想開門，門鎖住了，更讓他確定裡面沒人。

既然無須擔心遭到攻擊，艾納里決定大膽撬開門鎖，他三兩下就打開鎖頭，推開門探頭進去。真的沒人，只有幾樣工具、散落的零件及數打並排放置的汽油桶。整間修車廠似乎不再使用，改用來存放汽油。

他把門再推開一些，讓肩膀也擠進去，接著又打開了一點，突然，他感到胸口遭到一陣猛烈的重擊。原來牆壁上固定著一隻裝有彈簧的金屬手臂，當門開到某種程度，手臂就會用力揮過來。

有幾秒鐘的時間，艾納里覺得呼吸困難，重心不穩，失去所有反抗能力。而對躲在桶子後面監視他的敵人來說，這樣就夠了。儘管只是兩個女人及一名老人，還是能從容綑綁他的手腳，塞住嘴巴，將他拖到鐵製工作台邊坐著，牢牢地綁在上面。

艾納里沒猜錯，這是爲愛蘭緹準備的陷阱，只是不小心由他先行闖入。他認得緹安儂大嬸和洛荷絲・馬丁。至於那名老人，他沒跛腳，但也不難注意到他微微彎曲的右腿，他應該有時會故意彎曲，讓人以爲他腳跛了——他就是市議員命案的凶手。

三名歹徒毫無欣喜之情，大概常耍這種下流的招數，能成功阻止艾納里的突襲對他們來說是再自然不過的事，並不認爲是什麼重大勝利。

緹安儂大嬸彎身看看他，然後回到洛荷絲・馬丁身邊。她們交談幾句，艾納里只聽到片段。

「眞的是那傢伙？」

「沒錯，就是在店鋪糾纏我的傢伙。」

「尙恩・艾納里？這麼說來，」洛荷絲・馬丁喃喃自語：「是對我們很危險的傢伙。也許跟貝舒一起在拉法葉街人行道上的就是他。幸好我們發現得早，有聽到他的腳步聲！他必定跟小瑪佐拉有約。」

「妳想怎麼做？」女雜貨商低聲問。艾納里聽不到她們說什麼。

「這不用討論。」洛荷絲低沉地說。

「什麼？」

「該死！是他活該。」

兩個女人四目交接。洛荷絲板起臉孔，臉色一沉，說：「為什麼他總是和我們牽扯不清？先是在妳的店鋪，然後在拉法葉街，接著又在這兒。沒錯，他知道的太多啦，一定會告發我們，不然妳問爸爸。」

被洛荷絲・馬丁喚作爸爸的就是那位老頭，他一臉嚴肅，雙眼無神，皮膚在歲月摧殘下顯得乾癟枯黃，看來生性殘暴。其實根本無須去問他的意見，因為他身上已然透露駭人的解決方式。只見他開始進行令人匪夷所思的準備工作，艾納里判斷「爸爸」馬上就會殺他滅口，像殺勒庫塞先生一樣冷血。

女雜貨商慢吞吞地開口，音量很低，似乎在求情。洛荷絲不耐煩起來，大聲咆哮：「愚蠢至極！妳，妳總是不乾不脆，該怎麼做就怎麼做，不是他死，就是我們亡。」

「可以先把他關起來。」

「妳瘋了，這傢伙關得住嗎？」

「不然呢？要怎麼辦？」

「當然是跟那小女孩一起處理囉！」

這時洛荷絲豎耳傾聽，然後透過木板上的小洞看出去。

「她來了，在小路那頭。現在，各就各位，懂嗎？」

三個人保持安靜。艾納里面向他們，發現他們長得極為相似，特別都有一副堅毅的表情。顯然，這些人不曉得做了多少偷雞摸狗、作奸犯科之事，對犯罪一點也不陌生。艾納里確定兩個女人是對姊妹，老人則是她們的父親。老人尤其令人生畏，他沒有任何活人的氣息，反倒像機器人，動作都是事先設定好的。他的臉線條生硬，稜角分明，看不出喜怒哀樂，說他是加工未完全的雕像也不爲過。

有人敲門了，像是提醒歹徒留意的訊號。

負責監視大門的洛荷絲・馬丁打開門。女訪客正站在門外，洛荷絲開口，語氣欣喜又感謝。

「是瑪佐拉小姐嗎？您眞好心，願意來一趟！我女兒在樓上，病得很重。您請上樓，她會非常高興見到您的！兩年前妳們曾待過同一家服飾店，在露西安・伍達設計師旗下服務，您不記得了嗎？啊！她可沒忘了您！」

愛蘭緹回答了幾句，但屋內完全聽不到。她神清氣爽，沒有半點害怕模樣。

洛荷絲・馬丁走出門外帶她上樓。女雜貨商在裡面喊道：「我陪妳去嗎？」

「不用。」洛荷絲回答，好像在說：「我不需要任何人幫忙，我自己就能處理。」

他們聽到喀拉喀拉的腳步聲，每一步都將愛蘭緹推向危險，推向死亡。

但是艾納里並不太過擔心。他們沒在一開始就殺他，表示執行這個犯罪計畫需要一點時間，而任何拖延都代表一線希望。

天花板上傳來腳步聲，突然間，傳來一聲慘叫，接著又是幾聲叫喊，然後聲音漸漸微弱，終於安靜下來，沒花多少時間。艾納里想愛蘭緹應該跟他一樣被牢牢綑綁，塞住嘴巴。

「可憐的小姑娘！」他暗想。

過一會兒，重新響起喀拉喀拉的腳步聲，洛荷絲走下來。

「完成了。」她說：「輕而易舉，她幾乎立刻就昏過去了。」

「非常好。」女雜貨商說：「但願她不要太快醒來，才不必感受死前的恐懼。」

艾納里微微顫抖，歹徒的話清楚說明他們的企圖，也預言了他與愛蘭緹即將面臨的痛苦。他的預感沒錯，而女雜貨商突然表示反對，更加證實艾納里的猜測。

「一定要這樣嗎？這小女孩不該受這種苦！為什麼不直接殺了她？爸爸，您不覺得這樣比較好嗎？」

沒有回應，洛荷絲拿出一段繩子。

「那簡單，妳只要把這個繞在她脖子上，除非妳比較喜歡割破喉嚨。」她邊提議，邊遞過去一把小匕首，「這我可做不來，那不是光冷靜就能成功的事。」

緹安儂大嬸不再發牢騷，直到離開前，三人都沒再講一個字。樓上的愛蘭緹依舊昏迷不醒，她們口中的「爸爸」繼續他的工作，毫無耽擱。可怕的威脅逐漸成形，擺在艾納里眼前的，是無情而殘酷的事實。

老人在修車廠四周擺放兩排汽油桶，看他搬得吃力，就知道桶子裡裝滿汽油。他打開幾個汽油桶，把汽油灑在牆壁及地板上，並刻意避開門前的地板，在修車廠中央保留一條大約三公尺長的通道，其他地方則堆滿汽油桶。

他把洛荷絲・馬丁帶來的繩子放入其中一個汽油桶浸濕，女兒們同時將繩子沿著通道放置。老人將繩子另一端扭成束，從口袋掏出打火機，點燃引線。一切準備妥當，他站起來。

這個男人有條不紊地完成工作，在他的犯罪生涯中，同樣的事恐怕做過很多次，令他喜悅的不是工作本身，而是零缺點的完成每個步驟，至臻完美境界。全部安排妥當後，三人安靜地離開屋子。

走出屋外，他們將身後的門鎖上。殺人機器已然啓動，再也無法阻止歹徒執行邪惡的計畫。木屋即將灰飛湮滅，愛蘭緹將葬身火海，人們絕無法辨識灰燼中燒焦的殘骸，甚至會懷疑這是天然災害吧？

火沿著引信燃燒，艾納里估計再過十二或十三分鐘，就會引發大火。

他分秒必爭，想盡辦法逃脫，但事情有點艱難，不論他緊縮肌肉，想讓身體騰出點空隙，或鼓起肌肉想撐破繩子，都徒勞無功。繩結綁得十分牢靠，越掙扎反縮得越緊，甚至陷入肉裡。儘管他身手矯捷，儘管他訓練過自己遇到同樣危機時該如何安全逃脫，這回恐怕無法及時脫險了，除非奇蹟出現，否則爆炸是一定會發生的。

他覺得萬分痛苦，爲自己大意落入陷阱以致一籌莫展感到沮喪，也爲明明知道可憐的愛蘭緹瀕臨死亡卻無力挽救感到沮喪，更氣自己沒弄清楚事情有多危險。安東尼・法傑霍和這三名歹徒鐵定脫不了干係，然而這中間尚有許多不為人知的隱情。但為何法傑霍是首腦，老人只是手下？為何法傑霍會安排這場可惡的謀殺？到目前為止，這小子似乎只計劃擄獲佳人芳心，難道計畫還包括置她於死地？

引信持續燃燒，細小的火舌完全沒有偏離軌道，沿著殘酷的路線往終點靠近。樓上的愛蘭緹依舊昏迷，無力逃走，等於被判了死刑。直到大火燎原，愛蘭緹恐怕再也醒不過來。

「還有七分鐘，還剩六分鐘……」艾納里驚恐地想著。

他連稍微鬆開繩子都辦不到，不過，塞在他嘴裡的東西倒是掉了出來。他終於能出聲叫喊，他想呼喚愛蘭緹，向她訴說自己為她承受的痛苦與折磨，向她訴說在這份愛情中，藏了多少連他都不曉得的真心真意，當身旁的一切崩塌之時，他只想記得曾經深深愛過。可是說這些有什麼用呢？她人事不省了，何苦讓她知道可怕的威脅及即將發生的事實？

不行，艾納里不願放棄希望，奇蹟一定會出現的。不知有多少次，在他面臨各方追捕，筋疲力盡陷入絕境時，總會發生不可思議的巧合，助他逃過一劫！現在只剩三分鐘，也許老人不小心遺漏了什麼？也許引信燃燒到汽油桶前就會突然熄滅……

他忍住繩索緊綁的痛苦，使盡全力想掙脫，但繩索仍不動如山。他決定奮力一搏，再次用盡手臂及胸膛的力量。繩子會斷嗎？奇蹟會發生在他艾納里身上嗎？

是的，奇蹟出現了，卻是艾納里始料未及的方式。小徑那頭竟然傳來急促的腳步聲及呼叫聲：「愛蘭緹！愛蘭緹！」

聲音來自救命恩人，他邊信心喊話，並保證立刻救人。大門有了動靜，那人試著推開大門未果，於是又踢又撞，將門板撞破一個洞，從洞口伸手進來，打算把門鎖打開。

艾納里見狀不禁大喊：「沒用的！用撞的！鎖開不了的！請快點！」

結果鎖頭被撞開了，門也毀了一半，有個人衝進修車廠，竟是安東尼．法傑霍！

他一眼就瞧見危機所在，旋即衝向汽油桶，在引信即將燒到汽油桶上緣時，用腳推開桶子。他用腳跟踩熄火焰，然後小心翼翼地把其他堆在中間的桶子搬開。

尚恩．艾納里加倍努力想掙脫繩索，他不想等安東尼．法傑霍前來相救，免得欠下人情。結果仍是由這男人彎下腰，切斷他的繩子。

法傑霍近看才發現是他，於是低聲說：「啊！是您？」

艾納里取下繩子，不禁說：「非常感謝您，再差幾秒就出事了。」

「愛蘭緹呢？」對方問。

「在樓上！」

「還活著嗎？」

「是。」

兩人衝到屋外，急匆匆爬上外面的樓梯。

「愛蘭緹！愛蘭緹！我在這裡，」法傑霍叫道：「不用怕。」

這個門沒有修車廠的堅固，他們打開門，走進狹小的閣樓，年輕女孩被綁在床上，嘴被塞著破布。他們迅速將她鬆綁，她一臉恍惚，盯著兩人。

法傑霍向她解釋：「有人通知我們出事了，結果我們兩個都找到這兒來，可惜來不及抓住歹徒。他們沒傷害您吧？您很害怕嗎？」他沒提可怕的謀殺意圖及剛剛發生的搶救行動。

愛蘭緹沒有回答，她閉著眼睛，雙手顫抖。過一會兒，他們聽見她發出微弱的聲音：「對，我很害怕，又是一次攻擊，到底誰這麼恨我？」

「有人誘騙您來這個修車廠？」

「一個女人……我只看到一個女人。她帶我上樓，進到這個房間，然後將我推倒……」

不顧兩位男士在場，愛蘭緹面露驚慌，顯然備受折磨，她繼續說：「是第一次綁架我的那個女人。噢！沒錯，我確定是她，同一個女人……我認得她的動作、抓住我的力道，還有聲音……就是車子裡那個女人……那女人……是那女人……」

她沒再說話，突然感到疲憊不已，只想好好休息。兩位男士留她在房裡，走到狹小的閣樓樓梯口，面對面站著。

艾納里從沒那麼討厭他的對手過，一想到法傑霍救了他和愛蘭緹，就引他怒火中燒。他覺得丟臉丟到家，安東尼・法傑霍可是所有事件的主謀，現在反倒成了大英雄。

「她比我想像的還冷靜。」法傑霍低聲說：「她不知道發生什麼危險，別讓她知道。」

聽他的說法，好像他跟艾納里交情匪淺，能互通有無，且是基於友情而彼此幫忙。安東尼・法傑霍維持一貫的從容冷靜，臉上掛著淡淡微笑，態度友善。至少從他這邊，完全看不出兩人有何敵對及競爭。

艾納里卻是滿肚子不高興，決定立刻與這公開的對手攤牌。他重重搭著法傑霍的肩膀說：

「趁此機會，我們來談談吧！可以嗎？」

「好，但小聲點，讓她聽到爭吵的聲音不太好。我眞不敢相信您會找我吵架。」

「不，不是吵架，」艾納里反駁，態度強硬，「是想問清楚一些事情。」

「關於什麼？」

「關於您的行爲。」

「我的行爲光明正大，沒什麼好隱瞞的。我會同意回答您的問題，只是基於對愛蘭緹的情感，而您又是她的朋友。請問吧！」

「好。首先，那天在『小緹安儂』店鋪遇見您，您在那裡做什麼？」

「您知道的。」

「我知道？怎麼說？」

「從我這兒知道的。」

「從您那兒？今天是我第一次跟您講話。」

「這不是您第一次聽我說話。」

「難道還曾在哪裡？」

「在梅拉瑪府。那天晚上您與貝舒跟蹤我，在吉蓓特・梅拉瑪吐露內情及我說明想法的時候，兩位正躲在掛毯後方。我怎麼曉得？因爲掛毯在您們進到隔壁房間時抖動了一下。」

艾納里有點困窘，所以什麼事都逃不過這人法眼就對了？他接著問下去，口氣越發不客氣。

「那您爲何說您的目標與我一致？」

「事實證明的確如此。我跟您一樣，努力想找出偷走鑽石、迫害我朋友梅拉瑪，以及屢次傷害愛蘭緹・瑪佐拉的人。」

「女雜貨商也在其中？」

「對。」

「爲什麼您會與她互使眼色，提醒她防範我？」

「是您把那個眼神解讀成警告，其實我是在觀察她。」

「或許吧！但她的確關起店門，就此消失無蹤。」

「因爲她對我們倆起疑心了。」

「您認爲她是共犯？」

「沒錯。」

「所以，她跟勒庫塞議員的命案也脫不了關係囉？」

安東尼・法傑霍跳起來，看來完全不知道此事。

「啊！勒庫塞先生被殺？」

「三個多小時前。」

「三小時？勒庫塞先生死了？這實在太可怕了！」

「您跟他很熟嗎？」

「只聽過名字。但我知道敵人打算去見議員，想賄賂他，我擔心他們圖謀不軌。」

「所以您確定是他們下的手？」

「確定。」

「而且他們還很有錢，一下子就能拿出五萬法郎？」

「當然！只要賣掉一顆鑽石就有錢了！」

「他們叫什麼名字？」

「我不曉得。」

「不如讓我多少告訴您一點吧！」艾納里盯著他說：「女雜貨商有個姊姊，叫做洛荷絲・馬丁。

店舖就是她租的，還有個跛腳的老人。」

「沒錯！就是他們！」安東尼・法傑霍激動地說：「所以您剛在這兒見到歹徒了，是嗎？是他們把您綁起來的嗎？」

「沒錯。」

法傑霍憂心忡忡，喃喃自語：「運氣眞差！我太晚接到通知，否則一定會逮住他們。」

「抓人的事還是交給檢警單位好了。現在貝舒警長已經掌握三名嫌犯的身分，他們逃不出他的手掌心的。」

「太好了！」法傑霍說：「這幫惡徒搞得人心惶惶，假如沒將他們送進監牢，總有一天他們會殺了愛蘭緹。」

他這番話聽來可信度很高，回答問題也沒有吞吞吐吐，猶豫不決，而且每件事都解釋得合情合理，絲毫不見矛盾之處。

「眞是狡猾！」艾納里心想，他仍堅持法傑霍有罪，然而對方的說法毫無破綻，加上態度坦然，確實把他弄迷糊了。

他原本是認爲這回愛蘭緹遇到的意外，一定跟安東尼・法傑霍及他的同夥有關，用意在讓法傑霍成爲愛蘭緹眼中的救命恩人。然而，驚恐萬分的女孩並未目睹縱火過程，法傑霍在她面前也避重就輕，並未誇耀自己的功勞，那又何必演這場戲？

艾納里猛然拋出一個問題：「您愛她嗎？」

「非常愛。」對方熱情地回答。

「愛蘭緹呢？她愛您嗎？」

「我想是的。」

「何以見得？」

法傑霍笑了，甜蜜而眞誠，他說：「因爲她給了我愛情的最佳保證。」

「是什麼？」

「我們訂婚了。」

「什麼？你們訂婚了？」

艾納里得費極大力氣，才有辦法佯裝冷靜吐出這幾個字。這打擊太大了，他不禁緊握雙拳。

「是的，」法傑霍肯定地說：「就在昨天晚上。」

「剛剛我才與瑪佐拉太太見過面，她沒提這事。」

「她不知道，愛蘭緹還不想告訴她。」

「但是這消息會讓她很開心。」

「沒錯，不過愛蘭緹打算慢點跟她說。」

「因此她完全被蒙在鼓裡？」

「是的。」

艾納里不禁失聲大笑。「瑪佐拉太太以爲自己女兒不可能與男人約會！眞是料想不到！」

安東尼・法傑霍嚴肅地回應：「我們約會的地方都有其他人陪同，假如瑪佐拉太太認識他們的話，一定會覺得放心。」

「啊！是誰呢？」

「就是梅拉瑪府，吉蓓特和她哥哥都在場。」

艾納里完全想不通，梅拉瑪伯爵竟會支持法傑霍這小子和愛蘭緹相戀？愛蘭緹是私生女，是模特兒，還有兩個變壞的模特兒姊姊，伯爵會如此包容接納這樣的女子，著實不可思議！

「所以他們都知情？」艾納里問。

「是的。」

「他們也都贊成？」

「完全贊同。」

「恭喜您如願獲得這樣的支持。說到底伯爵也欠您很多，您又是這個家認識許久的朋友。」

「還有另一個原因也幫助我們重拾友誼。」法傑霍說。

「方便告訴我嗎？」

「當然。您也知道，梅拉瑪伯爵及女爵受厄運糾纏，差點兒發生憾事。他們家族百年來揹負著詛咒，似乎只要回到宅邸，詛咒即會發生，所以他們做了一個決定。」

「什麼決定？他們不想再住府裡了嗎？」

「他們甚至不想留下梅拉瑪府，這棟宅邸給他們招來不幸，所以決定出售。」

「賣得掉嗎？」

「快賣掉了。」

「找到買主了？」

「對。」

「買主是誰？」

「我。」

「您？」

「對，愛蘭緹和我打算住在那裡。」

chapter 9

愛蘭緹的婚約

安東尼・法傑霍眞教艾納里驚奇不斷：與愛蘭緹交往、突如其來的婚約、梅拉瑪兄妹的滿心贊同，甚至還買下宅邸，這一切戲劇般的變化，從他口中說來彷彿日常瑣事般稀鬆平常。

這麼說，在艾納里刻意閉關思索以釐清案情時，敵人早已善用良機大舉進攻，他竟完全沒料到事態嚴重。然而對方眞的是敵人嗎？所謂的戰爭，難道僅止於兩人在情場上的對立？艾納里不得不承認他尚未握有實證，只能根據直覺判斷。

「什麼時候簽約？」他故意開玩笑地問：「婚期訂在何時？」

「再過三或四個禮拜。」

艾納里很樂意掐住他脖子，這傢伙太爲所欲爲了，總是與他唱反調。不過他發現愛蘭緹醒了，臉色依舊蒼白不安，卻還是非常勇敢。

「我們走吧！」她說：「我不想再待下去，也不想知道發生什麼事，還有，別讓我媽媽知道。您們以後再告訴我吧！」

「沒錯，以後再說吧！」艾納里回答：「現在，比起打擊犯罪，更重要的是保護您的安全，唯一的辦法，就是法傑霍先生和我共同商討對策。先生，您願意嗎？只要我們攜手合作，愛蘭緹就能避開危險。」

「沒問題。」法傑霍叫道：「您絕對可以相信我，我說的已經離事實不遠了。」

「憑我們兩人，定能讓案情水落石出。我將把知道的全坦露，希望您也別對我有所隱瞞。」

「絕不隱瞞。」

艾納里眞誠地握住他的手，對方也熱情回應。

「我看錯您了，先生，」艾納里說：「愛蘭緹不會選擇配不上她的男人。」

兩人就這麼結盟締約。然而，艾納里從沒有握手握得如此餘恨難消，滿懷復仇欲望，敵人那廂亦非眞心坦率地接受他的示好。

三人一起下樓來到修車廠前。愛蘭緹十分疲累，根本走不動，因此請求法傑霍去找輛車來。然後，她便利用與尚恩．艾納里獨處的機會對他說：「尚恩，我對您十分過意不去，我瞞著您做了許多事，這些事一定讓您很不高興。」

「爲什麼會不高興，愛蘭緹？妳挺身拯救梅拉瑪伯爵和他妹妹，這不也是我想做的嗎？至於安東尼・法傑霍追求妳，而妳接受他的求婚，這是妳的權利。」

她默然不語。天色已暗，艾納里幾乎看不清她秀麗的臉龐。

他問：「妳很幸福，不是嗎？」

愛蘭緹肯定地回答：「假如您對我的友誼不變，我的幸福將更完整。」

「我對妳不只是友情，愛蘭緹。」

她沒回答，他又說：「妳一定懂我想說什麼，是嗎？愛蘭緹？」

「我懂，」她低聲道：「但我不敢相信。」

艾納里急切地靠近她，她連忙說：「不，不，別再說了。」

「妳眞難懂，愛蘭緹！一開始我就表明心跡了。我覺得妳身上似乎藏著祕密，一個與這起神祕事件有關的祕密。」

「我沒有祕密。」她肯定地說。

「有的，有的，我會救妳逃離迷霧，如同從敵人手上將妳救出一般。我已經知道那些人是誰，也會盯著他們，監視他們的一舉一動，特別是其中一位，愛蘭緹，最危險也最狡猾的那位……」

他想講出法傑霍的名字。他也知道，昏暗天色下，愛蘭緹正等他說下去，但他什麼也沒說，因爲無憑無據。

「答案即將揭曉，」他說：「但不該操之過急。走妳想走的路，愛蘭緹。我只求妳答應我，需要我的時候別客氣，而當我需要見妳時，也請妳撥冗相見，就算妳住進梅拉瑪府也不例外。」

「我答應您。」

這時，法傑霍回來了。

「還有一句話，」艾納里說：「妳還是我的朋友嗎？」

「我打從心底這麼認爲。」

「那麼，再見了，愛蘭緹。」

小路盡頭停著一輛車。法傑霍和艾納里再度握手，愛蘭緹便與未婚夫一道離去。

「走吧！紳士。」艾納里望著他們遠去背影，自言自語道：「走吧！我贏過比你更難纏的傢伙，我對天發誓，你無法跟我愛的女人結婚，也無法住進梅拉瑪府，而且還得交出鑽石馬甲。」

十分鐘後，貝舒出現在修車廠，撞見仍陷入沉思的艾納里。警長氣喘吁吁地跑來，後頭還有兩個跟班。

「我有情報。洛荷絲・馬丁從拉法葉街逃走後，應該會來這附近，不久前她在這兒租了一間倉庫。」

「你眞是奇葩，貝舒。」艾納里說。

「怎麼說？」

「因爲你永遠未達目的絕不罷休。坦白說，你慢了一步，不過總算是來了。」

「什麼意思？」

「沒事。你應該繼續追捕那幫犯人，貝舒。這樣才能從他們身上得到首腦的情報。」

「所以他們有老大？」

「對，貝舒，而且他還握有可怕的武器。」

「什麼？」

「僞裝一副紳士模樣。」

「安東尼・法傑霍？你還在懷疑那傢伙？」

「我不止懷疑他，貝舒，我認爲他就是主謀。」

「那麼，我貝舒警長在此鄭重聲明，你完全弄錯了，我看人從沒失準過。」

「你看我也準得很啊！」艾納里冷笑，邁步離開。

＊　＊　＊

市議員勒庫塞謀殺案及事發經過引發大眾討論。貝舒透露了部分案情，人們於是知道謀殺案與鑽石失竊案有關，而遭到警方搜索的女雜貨商店舖，租屋人叫做洛荷絲・馬丁，剛好就是勒庫塞先生接見的那位女士，這下子，原本沉息下去的輿論，又突然恢復熱烈。

大家全都在討論洛荷絲．馬丁、跛腳老人、共犯及凶手。由於找不出那份洛荷絲．馬丁企圖賄賂議員以進行竄改的報告，犯罪動機依舊難尋。不過，看來歹徒作案前，皆經過詳細策劃，其犯案手法純熟，顯然與計劃偷走鑽石馬甲的是同一批人，同時還密謀嫁禍給梅拉瑪伯爵和他妹妹。洛荷絲、老人及女雜貨商，這三名恐怖歹徒一夕間變得家喻戶曉，逮捕他們成了當務之急。

艾納里每天都到梅拉瑪府探望愛蘭緹，吉蓓特沒忘記艾納里幫助她逃走的英勇行爲及他所做的一切，加上愛蘭緹對他讚譽有加，於是他得到梅拉瑪兄妹的竭誠招待。

兩兄妹已對人生重拾信心，但仍決定賣掉房子遠離巴黎，他們都認爲必須離開，也認爲唯有獻出祖屋才能避開厄運。

此外，愛蘭緹這位年輕女孩及好友法傑霍的出現，也讓長久堆積在他們心中的憂慮消失無蹤。愛蘭緹帶給這個家喪失超過一世紀的東西，她友善仁慈、青春洋溢、一頭金髮閃耀，加上沉穩的性格及奔放的熱情，自然而然贏得吉蓓特與伯爵的喜愛。艾納里明白，他們希望愛蘭緹幸福，且把法傑霍視爲恩人，所以願意支持法傑霍追求愛蘭緹，深信這是美事一樁。

至於法傑霍，總是熱情開朗，永遠笑嘻嘻，無話不談，好像沒有任何煩惱，他的活力深深感染了伯爵兄妹，愛蘭緹似乎也頗受影響。法傑霍其實是個毫無心機，對人生充滿信任跟安全感的年輕人。

反觀艾納里看年輕女孩的眼神是多麼憂鬱啊！儘管在樂瓦洛修車廠前，兩人進行了一段溫情對話，但他倆之間仍存有艾納里無法突破的心防。他堅信愛蘭緹不止對他這樣，甚至覺得從愛蘭緹身上看不到戀愛的幸福，看不到新嫁娘的喜悅。

只要提起愛蘭緹對未來的規畫，她的態度便不一樣了。未來她將入住梅拉瑪府，也就是小倆口的新房，她跟法傑霍討論過（他們幾乎都在談這個），似乎打算在此設置慈善事業總部。事實上，按照愛蘭緹的計畫，她想將梅拉瑪府變成「結婚基金會」，董事會將在此召開，並爲符合補助資格的人設立專用圖書室。薛尼茲旗下的模特兒愛蘭緹，終於實現夢想，不是爲自己，而是爲幫助他人。

法傑霍對此感到好笑。他說：「我娶的是慈善事業，我不是丈夫，而是股東哩。」

「股東」兩個字，正是讓艾納里對法傑霍起疑的主因。他贊助慈善事業、買豪宅、開公司、添設備，在在顯示其雄厚的財力。問題是，錢從哪裡來？根據貝舒警長從法國領事館及阿根廷公使館取得的資料，法傑霍一家於二十幾年前定居布宜諾賽利斯，父母在他十歲時過世，這對夫婦沒留下任何財產，當局只得將他們的兒子安東尼遣返回國，當時他不過是個稚氣未脫的少年。梅拉瑪兄妹認識安東尼時，他還一貧如洗，怎會突然發了大財？究竟如何辦到的？除非是靠偷走馮烏朋那批價值連城的鑽石！

每日午后，艾納里及法傑霍就會來梅拉瑪府喝下午茶，一直待到入夜之後，兩人可說是形影不離。他們精力充沛，心情愉悅，無所不聊，竭力向對方展現友好親切，偶爾以「你」相稱，還不停讚美對方。然而，艾納里盯著敵人的眼神仍難掩激動，有時亦能感受到法傑霍像要看透他的銳利目光！

他們之間的問題與案情無關。艾納里沒再談到之前提出的合作計畫，就算對方有意願，他也不接受。事實上，殘酷的爭鬥已然開打，檯面下的角力，暗中的互槓，表面上風平浪靜，不過是強忍怒氣罷了。

一天早上，艾納里在拉柏德小公園附近，發現法傑霍和馮烏朋手挽著手，看來非常友好。他們沿著拉柏德街而行，在一間沒開業的店門前停下腳步。

馮烏朋指著招牌「巴內特偵探事務所」，接著兩人一邊熱絡交談，一邊走遠。

「這下可好，」艾納里自言自語：「兩個狡猾的傢伙勾搭在一起了。馮烏朋出賣我，他一定向法傑霍說，艾納里的前身就是巴內特。相信以法傑霍的能耐，很快就會發現巴內特就是亞森・羅蘋，最後再告發我。羅蘋與法傑霍，究竟誰能擊敗對方？」

* * *

吉蓓特開始著手準備搬家。四月二十八日星期四那天（今天是十五日），梅拉瑪兄妹就會離開祖宅，梅拉瑪伯爵將簽下賣屋契約，安東尼支付支票。愛蘭緹也會告知母親喜訊，婚事即將公布，預計五月中舉行婚禮。

又過了幾天，艾納里和法傑霍對彼此的厭惡與日俱增，虛假的情誼早已蕩然無存，有時甚至難掩敵對的態度。法傑霍竟然帶馮烏朋來梅拉瑪府喝下午茶。馮烏朋對艾納里十分冷淡，提起鑽石時語帶威脅，聲稱安東尼・法傑霍正在跟蹤竊賊，讓艾納里不禁自問：法傑霍的企圖，或許不止告發他那麼簡單。

戰爭一觸即發。艾納里掌握越來越多證據，足以印證他的想法，他已訂好開戰的日期及時間。但對方不會搶先嗎？接下來發生的悲劇，對他來說似乎是個惡兆。

艾納里知道法傑霍投宿國際飯店，早已買通門房，除了貝舒那邊持續監視外，他也透過門房得知法傑霍從無來信及訪客。然而某天早上，艾納里接獲線報，有個女人打電話給法傑霍，對話內容非常簡短。他們相約晚上十一點半在戰神公園碰頭，「老地方見」。

當天晚上才十一點，尚恩・艾納里便在艾菲爾鐵塔及附近小公園晃來晃去。夜空漆黑異常，月亮群星並未露臉。他找了許久，卻不見法傑霍蹤影。直到午夜時分，他發現某張長椅上有堆東西，走近一看才知道是個女人，女人蜷縮成團，頭幾乎碰到膝蓋。

「欸！喂！」艾納里叫喚，「沒人這樣在外頭睡覺的，起來吧！下雨了。」

女人一動也不動。他拿著手電筒彎腰細查，女人頭髮灰白，沒戴帽子，披風拖到地上。他稍微抬起她的頭，頭隨即癱軟垂落，她死了，而且，眼前這臉色慘白的死人，竟是女雜貨商，也就是洛荷絲・馬丁的姊姊。

長椅位在花園小徑旁邊，四周有樹叢圍繞，現場離軍事學校不遠。這時，兩名騎單車的警察正巧經過林蔭大道，他吹口哨吸引他們注意，向他們呼救。

「我真蠢，」他自言自語：「何必多管閒事？」

警察靠近後，他解釋了現場情形。警察稍微掀開女人的外衣，發現肩膀下方插著一把短刀，她雙手冰冷，死亡時間應該在三十到四十分鐘前，沙地上有踩踏的痕跡，死者似乎經過激烈掙扎。不過雨勢開始變大，沖掉了足跡。

「得找輛車送她去警局。」其中一位警察表示。

艾納里於是毛遂自薦。「你們把屍體移到大道邊，我去找輛車來，計程車站就在附近。」他跑到招呼站，但沒上計程車，只交代司機把車開到警察面前，他自己則快步往另一頭離開。「還是別太熱心，」他對自己說：「否則接下來，他們會問我名字，還會傳喚我作證，這對個性溫和的人是多大的麻煩！不過，究竟誰這麼狠毒，殺害女雜貨商？是與她相約見面的安東尼・法傑霍嗎？難道是洛荷絲・馬丁想除掉姊姊？很明顯，歹徒起了內訌，那麼一切都解釋得通了，包括法傑霍的行爲、他的計畫、每件事……」

第二天，各大午報僅是小篇幅報導戰神公園的老婦人謀殺案，但到了晚上，劇情急轉直下！因爲受害者不是別人，就是聖德尼路的女雜貨商，也就是洛荷絲・馬丁父女的同夥，警方在她口袋找到一張紙條，上頭寫著「亞森・羅蘋」，字體潦草，似乎企圖讓人認不出筆跡。另外，兩位騎單車的警察也說，出現在屍體旁邊的男人後來藉機溜走了。毫無疑問，亞森・羅蘋和鑽石馬甲搶案脫不了關係。

輿論一片譁然，這太荒謬了，亞森・羅蘋從不殺人，再說，任誰都可以冒用他的名字，把事情賴到他頭上。而對尚恩・艾納里來說，這是活生生的警告！故意提起亞森・羅蘋的居心何在？對手已挑明了威脅：「停止調查，少管閒事，否則我就揭發你，我手上握有的證據，絕對能證明艾納里就是巴內特，巴內特就是亞森・羅蘋。」

話說回來，直接告訴貝舒警長不是更好？老是緊張兮兮的貝舒，根本無法忍受聽命於艾納里，一定會把握這千載難逢的機會，好好修理他。

接下來事情進展極快，安東尼・法傑霍先是帶馮烏朋來梅拉瑪府，再藉口調查鑽石竊案，又把貝舒一起找來。在艾納里面前，警長態度彆扭怪異，讓人不得不懷疑，貝舒也認定艾納里就是亞森・羅蘋。對貝舒來說，巴內特的豐功偉業，只有羅蘋本尊才辦得到，也只有羅蘋騙得過貝舒，因此他應該會立刻請求長官同意，準備逮捕尚恩・艾納里。

情況越來越不妙。戰神公園命案後一直焦慮無措的法傑霍，已經恢復往常的好心情，而對艾納里的態度，也不知是有心還無意，總是無禮放肆，難掩傲慢。他似乎得意洋洋，好像只要伸出手指頭，就能攫取勝利。

在簽約交屋的前一個週末，他將艾納里堵在角落，問道：「您對這事怎麼看？」

「什麼事？」

「就是羅蘋涉案的事啊！」

「喔！這我持保留態度。」

「不過他確實犯下不少案子，看來警方已經開始找人，逮捕他只是早晚的問題。」

「誰知道？這人機靈得很。」

「就算機靈，我還眞不知道這回他要怎麼逃。」

「坦白說，我並不替他擔心。」

「我也是。您也看到了，我不過是以旁觀者的角度談論這事，換作我……」

「換作您？」

「我會逃到國外去。」

「那可不像亞森・羅蘋的作風。」

「要不然我會接受和解協議。」

艾納里有點驚訝。「跟誰談？什麼協議？」

「跟鑽石失主。」

「老天！」艾納里笑著說：「就大家對羅蘋的瞭解，我想協議的原則很簡單。」

「原則？」

「全部歸我，你半分也沒得拿。」

法傑霍跳了起來，以爲艾納里在罵他。

「啊！您說什麼？」

「我是套用羅蘋慣有的回答方式。全部歸羅蘋，其他人沒得拿。」

這下換法傑霍開懷大笑，他正直的假樣惹得艾納里十分火大。艾納里最受不了的，就是法傑霍刻意展現「好青年」形象，藉此博得眾人好感。這次更讓人渾身不自在，因爲他自信滿滿，主動挑釁，艾納里認爲非出招不可了，便收起玩笑語氣，帶著敵意對他說：「我們之間沒什麼好說了，萬一非講不可，說個三、四句也夠了。我愛愛蘭緹，您也是，假如您堅持與她結婚，我一定阻止到底。」

艾納里突然動怒，令安東尼・法傑霍感到錯愕，但他不顯慌張地反駁道：「我愛愛蘭緹，也會跟她結婚。」

「所以，還是要結婚？」

「對。我用不著聽您號令，您也沒權利命令我。」

「好，我們選一天見面。下禮拜三簽約是嗎？」

「對，傍晚六點半。」

「我會到的。」

「什麼名目？」

「梅拉瑪伯爵和他妹妹隔天就要離開了，我去跟他們道別。」

「歡迎至極。」

「那麼星期三見。」

「星期三見。」

結束談話離開後，艾納里心意堅決，還有四天，這段期間他絕對不能冒半點險，警察總局派了兩名探員在他住家大廳巡邏，且分別派人監視愛蘭緹．瑪佐拉和雷吉娜．奧布里的住處，梅拉瑪府花園兩側的小徑也有人駐守。而他宛如人間蒸發，消失無蹤。

其實這四天裡，艾納里仍待在巴黎，躲在精心安排的藏身處，他變裝功力高超，外出時必喬裝易容。他慷慨激昂地準備力拚最後的戰役，另一方面聚精會神，探究尚未解開的疑點，好好弄清楚來龍去脈，就能上戰場打仗了！他第一次在面對敵人時，覺得非準備齊全不可，甚至還抱了最壞的打算。

有兩個晚上，艾納里收到了重要信件，爲他補齊線索不足的部分。他漸漸看清案情脈絡及犯案動機，梅拉瑪家族的祕密，大家看到的只是表面，敵人對伯爵兄妹施以重手的神祕原因已昭然若揭，安東尼．法傑霍在其中扮演的角色更呼之欲出。

「萬事俱備了！」星期三起床時，他這麼叫著，「但我很明白，他也會說一樣的話，我勢必會遇上意想不到的危險，哼，管他的！」

他早早吃了午餐，然後出門散步，沿路不斷思考。經過塞納河時，他買了份剛出刊的午報，一翻開報紙，隨即被頭版聳動的標題吸引，他停下腳步，慢慢看完：

範圍已縮小至亞森・羅蘋，最近發生的事件讓案情有了新進展。目前得知，幾個星期前，有位穿著體面的年輕男士，到處打探某位婦人的消息，最後終於拿到婦人的地址，這位婦人不是別人，就是聖德尼路的女雜貨商。而這位男士的特徵，與之前騎單車的警察在戰神公園命案屍體旁撞見的男子完全相符，男子已逃逸無蹤，音訊全無。警方相信，他就是亞森・羅蘋。

（詳見第三版）

第三版的最新消息版，刊了一小篇文章，署名「忠實讀者」。

根據消息指出，目前遭警方追捕的紳士，名叫艾納里。會不會是尚恩・艾納里子爵呢？他自稱航海家，開船完成環遊世界的壯舉，去年才在衆人歡呼中返國。另一方面，我們有充分理由相信，開設巴內特偵探事務所的名人吉姆・巴內特，不過是亞森・羅蘋的分身。若眞是如

此，我們相信羅蘋，也就是巴內特及艾納里，將難以逍遙法外太久，民衆也無須再膽戰心驚。這一點，貝舒警長深具信心。

艾納里憤怒地摺好報紙，這篇「忠實讀者」投書必定出自安東尼・法傑霍之手，他在幕後策劃一切，連貝舒警長也受他操控。

「混帳東西！」他咬牙切齒地說：「我會討回來，我要你付出代價！」

他渾身不自在，走在路上感覺怪怪的，好像眞被追捕一樣，路人看他的眼神猶如警察般犀利。他是否該聽法傑霍的建議，逃之夭夭呢？

他躊躇不決，一邊想著早已安排好的三種逃脫方式：飛機、汽車，還有塞納河上近在咫尺的舊駁船。

「不，這太蠢了，」他自言自語道：「像我這種人，不可能臨陣脫逃。討厭的是，這下我得放棄艾納里這個好名字，眞可惜！這名字既好唸又極富法國味。尤其，我連航海家紳士都當不成了呀！」

他本能地仔細觀察公園旁邊的馬路。沒人，一個警察也沒有。他低調繞往雲飛路宅邸，他料想貝舒和法傑霍，要不就是不相信他膽敢來赴約（這應該是法傑霍暗中希望的），要不就是老早在屋裡研擬好對策。

這麼一想，他不禁醒悟，他可不想被當成孬種。他摸摸雙袖，再三確定袖子裡沒有不小心留下左輪手槍或刀子等凶器，然後走近大門。

梅拉瑪府的外牆陰鬱又灰暗，好似監獄，艾納里內心突然湧起強烈的猶豫，但他想起愛蘭緹微笑的眼神，帶點天眞又帶點憂鬱，他怎能任這年輕女孩遭到危險？

他自嘲：「不，羅蘋，不要騙自己。如果想保護愛蘭緹，根本犯不著跳入陷阱，冒著失去寶貴自由的危險。你只要寫封信給伯爵，說明梅拉瑪家族的祕密及安東尼・法傑霍扮演的角色，幾行字就能達到目的，不必多費唇舌。事實上，無法阻止你按下門鈴的原因很簡單，因爲你喜歡這些，你喜歡冒險、喜歡爭鬥，你就想與法傑霍來場肉搏戰。也許你會被制伏，因爲他們已經準備好對付你，那些小獵犬！但無論如何，你還是想體驗這場冒險，在敵人地盤上赤手空拳、單槍匹馬，嘴角掛著微笑……」

於是，他按下門鈴。

chapter 10

致命一擊

「早啊！法蘭索。」他打著招呼，一邊輕快地走進庭院。

「早安，先生，」老僕人回答：「您好些時候沒來了。」

「是啊，沒錯，」艾納里說，他常跟法蘭索開開玩笑，看來這老好人還沒對他產生反感。

「我的天，對！家族的事情，一個遠房叔叔留下遺產，整整一百萬。」

「恭喜您了，先生。」

「唉呀！我還沒決定要不要接受呢！」

「怎麼可能，先生？」

「老天，當然啊！那可是一百萬的債務啊！」

艾納里很慶幸能先開個無傷大雅的玩笑，好讓自己完全放鬆心情。這時候，他看見某扇窗戶的窗簾被迅速拉上，只是仍嫌不夠快，艾納里認出是貝舒警長，正守在一樓迎賓室監視。

「我看到警長在値勤。」艾納里說：「還在查鑽石的案子嗎？」

「一直都在查哩，先生。我聽說有了新的進展，警長另外還帶了三個男人來。」

艾納里覺得頗有趣。三個精挑細選的傢伙，體格健壯，清一色的保鏢身材，他運氣可眞好！這般如臨大敵的陣仗反而對他有利，少了官方代表，他的計畫恐會失敗。

他踏上六級石階，進門後，接著上了樓。客廳聚集了伯爵兄妹、愛蘭緹、法傑霍，以及前來道別的馮烏朋。氣氛相當平和，他們看來如此融洽，讓艾納里遲疑了一下，因爲只要兩、三分鐘，就足以在這和諧氣氛中丟下一記震撼彈。

吉蓓特・梅拉瑪親切地接待他，伯爵也開心地與他握手，原本在一旁談天的愛蘭緹移步過來，很高興見到他到訪。三人肯定沒看過他放在口袋的晚報，對那篇報導毫不知情，更沒料到有人指控艾納里，還有即將發生的風暴。

反觀馮烏朋這邊，握手握得相當冷淡，顯然這傢伙已知悉報導的事。法傑霍則是動也不動，坐在窗邊繼續翻著相本。這個空間並存了友好與敵視，尙恩・艾納里決定速戰速決，他叫道：「法傑霍先生被幸福環繞，甚至看不到我了，或者，是不想看到我……」

法傑霍敷衍地揮揮手，一副不想馬上開戰的模樣。但艾納里不予理會，他就是要發表準備多時的言論及完成必要的行動。如同許多偉大的船長，他認爲一定得出其不意以搶佔先機，接下來殲滅敵人就容易了，先發制人等於贏了一半。

他解釋了這幾天不在的原因，因爲得知伯爵兄妹即將離開，才會趕來道別，說畢，隨即握住愛蘭緹的雙手說：「而妳，我的小愛蘭緹，妳幸福嗎？我指的是無私且無悔的純粹幸福喔！嫁給這人會幸福嗎？」

在人家結婚前，用「妳」稱呼對方未婚妻也太踰矩了，現場一陣錯愕，大家都聽出艾納里話中有話，存心來踢館的。

法傑霍白著臉站起來，艾納里無預警的出手讓他惱羞成怒，因爲他認爲自己已經萬事俱備，取得發球權的理當是他。

伯爵和吉蓓特嚇了一跳，覺得氣氛不太對勁，馮烏朋則是直接出聲咒罵，三人望向愛蘭緹，想看看到底怎麼收場才好。但女孩似乎未感不悅，她抬頭看著艾納里，眼角帶笑，眼神流露特殊的情感。

「我很幸福，」她說：「我的心願全達成了，朋友們都能和自己所愛的人結婚。」

艾納里並未因這粉飾太平的回答而罷休，他繼續問：「我指的不是妳朋友，小愛蘭緹，妳呢？也是和自己愛的人結婚嗎？愛蘭緹，眞的沒問題嗎？」

她紅著臉，一句話也沒說。

伯爵叫道：「這問題也太驚人了，那是安東尼和他未婚妻之間的事。」

「眞令人不敢相信，您……」馮烏朋也開口了。

「更令人不敢相信的是，」艾納里冷靜地打斷他，「我們親愛的愛蘭緹奉獻生命，成就理想，幫助別人達成心願，自己卻嫁給不愛的人。事實就是如此，梅拉瑪伯爵，既然還有時間，我得讓您明白，愛蘭緹不愛安東尼・法傑霍，對他恐怕只是普通感覺，對嗎，愛蘭緹？」

愛蘭緹低著頭，沒有反駁。伯爵交叉雙臂，氣到說不出話來。這麼文質彬彬、沉穩莊重的艾納里，怎會講出如此無禮的話？

安東尼・法傑霍走到尙恩・艾納里面前，原本開朗無憂、乖巧老實的模樣蕩然無存，他似乎被逼急了，整個人暴跳如雷，也或許是因莫名的害怕而憤怒，他氣憤異常地說：「你瞎攪和什麼？」

「我看到了就要管。」

「你又知道愛蘭緹對我什麼感覺了？」

「沒錯，因爲她拿自己的幸福當賭注。」

「所以依你所見，她不愛我？」

「當然不愛！」

「那你想怎樣？」

「阻止這場婚禮。」

安東尼・法傑霍大吃一驚。

「什麼!你竟敢這麼說!好，既然如此，我奉陪到底!絕不留情!等著瞧!」

他想也沒想就抽出艾納里口袋裡的報紙，在伯爵面前攤開，大聲說：「親愛的朋友，讀讀報紙吧!您就能看清這傢伙的眞面目。尤其是第三版這篇，明眼人都知道誰有罪!」

他很快唸出「忠實讀者」尖銳犀利的投書內容，氣急敗壞的樣子與平常從容自在的態度大相逕庭。

伯爵兄妹邊聽，臉色越顯狐疑，愛蘭緹則望著尙恩・艾納里，雙眼泛淚。

艾納里並未隨之起舞，只是趁對方換氣吞口水的時候，丟了幾句話：「不用唸了，安東尼。你怎麼不乾脆背出來?反正這篇文情並茂的指控就是你寫的啊!」

法傑霍指著艾納里，讀出最後一段：

……我們相信怪盜亞森・羅蘋，也就是吉姆・巴內特及航海家艾納里，將難以逍遙法外太久，民衆也無須再膽戰心驚。這一點，貝舒警長深具信心。

現場一片肅靜，伯爵和吉蓓特顯然被這篇文章嚇到了。艾納里微微一笑。

「叫你的貝舒警長出來吧！梅拉瑪伯爵，得跟您提一下，安東尼先生為了我，特地找來貝舒和他的小跟班。我說過會來，大家都知道我從不食言。我的老貝舒，進來吧！你躲在掛毯後面坐立難安，活像波隆尼爾①，跟你的警察形象太不相稱了。」

掛毯被掀開，貝舒從裡面走出來，一臉絕不妥協的表情，但看樣子，時機尚未成熟前，他是不會輕易出手的。

馮烏朋忙不迭跑到他跟前，氣喘吁吁地說：「貝舒，動手吧！快逮捕他，他就是偷鑽石的人，叫他吐出來。畢竟，這邊您最大！」

梅拉瑪伯爵打了岔。「等一等，這是我家，我希望任何事都要冷靜且照規矩來處理。」然後，他對艾納里說：「先生，您到底是誰？我不求您反駁報導的指控，但您得老實對我說，我是否還能當您是尚恩・艾納里子爵？」

「或是怪盜亞森・羅蘋？」艾納里笑著打斷伯爵的話。接著他轉向年輕女孩。「坐下吧！我的小愛蘭緹，別這麼激動，坐著吧！不管情勢如何發展，相信我，不會有事的，我所做的一切全是為了妳。」

艾納里轉頭對伯爵說：「梅拉瑪伯爵，我不想回答您的問題，因為我是誰不重要，重點是弄清楚眼前這位安東尼・法傑霍到底是誰。」

法傑霍想衝上前理論，伯爵連忙拉住他，一面要開口閉口都是鑽石的馮烏朋住嘴。

艾納里接著說下去：「沒人強迫我來，口袋裡這份報紙我看過了，也知道貝舒受法傑霍蠱惑，拿著搜索票在等我，但比起親愛的愛蘭緹，比起您及梅拉瑪女爵，我面臨的危險似乎無足輕重。至於我是誰，那是貝舒和我的事，我們再另外處理。現在最要緊的，應當是解決安東尼‧法傑霍的身分問題。」

這回，梅拉瑪伯爵再也攔不住，法傑霍激動怒吼：「那我是誰？講啊！你有膽就說！你說我是誰啊！」

艾納里逐條列舉對方的罪狀：「你是偷走鑽石馬甲的賊。」

「你說謊！」安東尼打斷他，「我會是小偷？」

艾納里冷靜地繼續說：「綁架雷吉娜‧奧布里和愛蘭緹‧瑪佐拉的也是你。」

「你說謊！」

「你還偷了客廳裡的小東西。」

「你說謊！」

「命喪戰神公園的女雜貨商跟你是同夥。」

「你說謊！」

「你和洛荷絲‧馬丁父女是共犯。」

「你說謊！」

「最後一點，你的祖先，就是迫害梅拉瑪家族將近一世紀的惡徒。」

安東尼氣得渾身發抖，高聲反駁每項控訴：「謊言！謊言！謊言！」

艾納里才說完，法傑霍已經擋在對方面前，作勢打人。他急欲反駁，聲音刺耳尖銳。

「滿口謊言！胡說八道！你是因爲愛不到愛蘭緹，才滿肚子嫉妒，懷恨在心，加上我從一開始就看透你的伎倆，更讓你心生恐懼。沒錯，就是這樣，你怕死了吧！因爲擔心我手上握有對你不利的證據，」他拍拍西裝口袋，「能證明巴內特、艾納里就是亞森・羅蘋的證據！聽好了，是亞森・羅蘋！亞森・羅蘋！」

他完全失控，亞森・羅蘋這名字似乎讓他更爲光火，他音量越來越大，雙手緊抓著艾納里的肩膀。艾納里並未退縮，平靜地說：「大家耳朵快聾了，安東尼，麻煩小聲點。」說完，等了一會兒，安東尼・法傑霍依然大吼大叫。

「你要倒大楣了，」艾納里說：「我最後一次提醒你，降低你的音量，否則等一下有你受的！還不停？好吧！這是你自找的，請你弄清楚，人的忍耐是有限度的！」

兩人靠得很近，幾乎是胸口貼胸口，艾納里一記飛拳出手，剛好擊中法傑霍的下巴。法傑霍往後退，腳步踉蹌，像受傷的野獸雙腳一軟，膝蓋著地，直接躺平。現場一陣混亂，在憤慨的叫嚷聲中，伯爵和馮烏朋急著想制伏艾納里，而吉蓓特和愛蘭緹則忙著照看安東尼。

艾納里掙脫他們的手，推開兩人，以懇切的語氣對貝舒大喊：「幫幫我，貝舒，我的老戰友，助我一臂之力吧！你常見我辦案，很清楚我不會盲目行動，必定有重要原因才會大鬧一番。這個案子我和你是同一陣線，所以你非得幫我不可。」

警長沒什麼反應，他態度中立，像個裁判站在一旁看戲，在弄清狀況前，他不想輕舉妄動。再說，事發至此，怎麼看都對他有好處，尤其是剛剛那場生死決鬥，等於給了他「打架滋事」的逮人藉口。因此，儘管老戰友喊話，他硬是不為所動。

貝舒已打定主意採取對自己最有利的方式行事。他對艾納里說：「你知道我樓下還有三個人吧？」

「知道，我還打算靠你派他們對付這群壞蛋。」

「也可能是對付你。」貝舒冷笑。

「隨你怎麼想，誰教今天王牌都在你手上。你能做也該做的，就是毋枉毋縱、秉公處理。」

貝舒想了想，決定接受艾納里的要求，他對伯爵說：「梅拉瑪伯爵，為求公道，拜託您稍微忍耐。安東尼．法傑霍受到的指控是真是假，很快便能知曉。總之不論發生什麼事，由我負責。」

此話等於給了艾納里絕佳保證，在貝舒的支持下，他分秒必爭，完成一件任誰看了都免不了咋舌的事。他從口袋拿出一只小瓶子，裡面裝滿褐色液體，接著取出一塊事先準備好的紗布，倒上半瓶分量，紗布立刻散發出麻醉藥的味道。然後他將紗布蓋在安東尼．法傑霍臉上，再用細繩繞頭，將紗布固定。

這麼做太過分了，遠超過伯爵的容忍極限，貝舒只得再加把勁安撫梅拉瑪兄妹。愛蘭緹也看傻了眼，腦袋一片空白，熱淚盈眶，馮烏朋更是大發雷霆。

然而貝舒立場堅定，並未因此動搖，他開口說：「伯爵先生，我瞭解這個人，靜觀其變就對了。」

艾納里站起來，走到梅拉瑪伯爵身旁對他表示：「先生，我深感抱歉，但請您務必相信，這絕非任意妄爲，也非無謂動粗，很多時候得透過某些特殊方法，才能得知眞相。梅拉瑪家族，包括您自己，多年來飽受陰謀陷害，而箇中緣由及祕辛就是我們要尋找的眞相。我想說，先生，我知道梅拉瑪家族的祕密，至於要不要聽、要不要破除魔咒，全看您決定。我只要您相信我二十分鐘，您同意嗎？就二十分鐘。」

艾納里沒打算等梅拉瑪伯爵回答，花二十分鐘換得眞相，不會有人拒絕這種提議。他轉身面向馮烏朋，冷淡地說：「你這傢伙出賣我。沒關係，那事就算了，但今天，如果你還想拿回這人偷走的鑽石，就停止發牢騷，他會把鑽石還你的。」

還有貝舒警長，艾納里對他說：「輪到你了，貝舒，你等著撿現成的便宜吧！首先，你帶著整局的探員明查暗訪，大家被你折騰得滿頭大汗，結果還是找不出眞相，不要緊，眞相我會告訴你的，順便奉送一個安東尼・法傑霍，當然，萬一他又作怪，我可不會客氣，屆時交到你手上的恐怕跟死人沒兩樣。最後，共犯洛荷絲・馬丁父女兩人，也會一併移交。現在是四點，六點一到，即時兌現。這樣滿意嗎？」

「可以。」

「那麼，一言爲定！不過……」

「不過什麼？」

「在這之前要聽我的。如果到晚上七點，我的承諾跳票的話，也就是說，萬一沒能揭開梅拉瑪家族的祕密，沒能讓案情水落石出、揪出共犯，我以名譽發誓，願意戴上手銬，乖乖配合，讓你知道我究竟是艾納里、巴內特或亞森・羅蘋。但現在，想解開令人焦慮驚恐的悲劇謎團，只有我辦得到。貝舒，附近有警車可用嗎？」

「有，離這兒很近。」

「派人開過來。至於你，馮烏朋，你的車呢？」

「我跟司機說了四點過來。」

「有幾個座位？」

「五個。」

「用不著司機了，打發他回去，你開車載我們就好。」

他回到安東尼・法傑霍身邊，仔細察看他的狀況。心跳正常，呼吸規律，氣色也無異狀。他再調整一下紗布，然後說：「他要過二十分鐘才會醒來，剛好有個空檔。」

「要做什麼？」貝舒問。

「去該去的地方。」

「哪裡？」

「去了就知道，走吧！」

不再有人提出質疑，沒人違抗艾納里的命令，但他們願意聽令的原因，很可能是覺得艾納里獨特的行事風格極像亞森・羅蘋，而這位冒險家傳奇的過去、不可思議的豐功偉業，間接增強了艾納里本身的威信。兩人加在一起產生的力量，使大夥兒相信沒什麼辦不到的。

愛蘭緹睜大眼睛，望著這奇特的人。

伯爵兄妹心怦怦跳著，急著想知道謎底。

「親愛的艾納里，」馮烏朋突然轉頭說：「我還是認爲，只有您能還我被偷的鑽石。」

*　　*　　*

一輛車開進庭院，大家把法傑霍抱進車裡，另有三名警察上車坐在他身邊，貝舒低聲對他們說：「眼睛睜大點，除了這人，也要看緊艾納里，時機一到就抓住他，不能讓他逃走，知道嗎？」

說罷，貝舒轉身去找艾納里。梅拉瑪伯爵先打電話取消簽約，吉蓓特也穿好外套，戴上帽子，兩人和愛蘭緹一起上了馮烏朋的車。

「經過塞納河後，往杜樂麗花園方向開，」艾納里指示：「然後在雷弗利路右轉。」

大家都沒說話。吉蓓特和阿德安・梅拉瑪爲即將發生的事忐忑不安！爲什麼要走這兒？要上哪兒去呢？眞相會是什麼？

艾納里開口，但音量極低，像是喃喃自語，而不是講給其他人聽。

「梅拉瑪家族的祕密啊！我研究推敲了好久！打從雷吉娜和愛蘭緹出事後，我就直覺，這回面臨的難題，只能追溯至遙遠的過去才能解決。我發現諸多疑點，想通之後立刻下了結論，犯案者絕不可能是梅拉瑪伯爵和女爵，這點無庸置疑。那麼，是有人利用伯爵宅邸爲非作歹囉？安東尼・法傑霍是這麼說的。然而法傑霍眞正的用意，是想讓我們覺得確有他人，並誤導法官。只是各位想想，愛蘭緹和雷吉娜被帶到客廳，竟未引起梅拉瑪兄妹及法蘭索夫婦注意，這合理嗎？」

他停頓半晌。阿德安・梅拉瑪繃著臉，傾身靠近，小聲說：「拜託您繼續說下去吧！」

艾納里慢吞吞地回答：「言語不足以道盡眞相，請別催我。」

他又往下說：「事實並不複雜，甚至簡單到讓我想問，辦案人員怎能視若無睹，沒人看出異狀？我這邊是因爲想起一些事才有了靈感，更清楚地說，您府上發生的奇怪竊案，失竊的盡是不重要的小東西，看似無法解釋，其實意義重大！畢竟，人會偷沒有價值的東西，表示那東西對他有特殊價値。」

艾納里再度沉默。伯爵頗爲不耐，他想知道答案，一刻也等不了了，吉蓓特同樣面露焦急。

艾納里對他們說：「請稍安勿躁，梅拉瑪家族已經等了一世紀之久，不差這幾分鐘！謎底即將揭曉，梅拉瑪家族將因眞相得到釋放。」

他轉而向貝舒開玩笑：「你看出一點端倪了嗎？嗯，我的老貝舒？不然，至少也看到一絲微光吧？什麼，還沒看到？眞可惜，這是個奇妙的祕密，史無前例、饒富趣味、難以看透，如水晶那樣清透，又像夜晚般黑暗。可不是嗎？最美妙的祕密，往往跟哥倫布發現新大陸一樣，得花時間思考。向左轉，馮烏朋，我們快到了。」

車子轉進一條狹窄崎嶇又凌亂的小路。這裡以前是商業區及工業區，老舊的建築裡有許多是倉庫及工廠，偶爾會看到鍛鐵或有大窗戶的陽台，透過敞開的大門，甚至還能看到扶手以橡樹製成的豪華樓梯。

「慢一點，馮烏朋，好……然後靠右邊人行道停，走幾公尺就到了。」

他先下車，再扶吉蓓特和愛蘭緹下來。警車跟著停在馮烏朋車後。

「叫他們先別下車，」艾納里對貝舒說：「確定安東尼還在昏睡，兩、三分鐘後再把他抬進來。」

大家來到一條往東的暗巷，巷子左邊的一整排建築，從前是用來擺放麵粉及罐頭的倉庫。右邊則排了四棟小屋，外觀相似，都很破舊，窗戶缺了窗簾，壁磚也污穢骯髒，看起來不像有住人。

他們走到某棟屋子的大門前，門上另外開了一扇矮門，大門不小，打開的話，車子應該也能通過，原本的綠色已嚴重褪色，上頭還留有選舉海報的殘跡。

吉蓓特女爵滿頭霧水，惴惴不安，來這裡做什麼？要找誰？此處杳無人跡，門後也不像有人居住，謎底會在這兒嗎？

艾納里從口袋取出一把用最新技術打造的精緻、細長又光亮的鑰匙，插入鎖孔。

他看到其他人的樣子，不禁莞爾。他們四位臉色蒼白，神色緊張，渾身僵硬，好像眼前這位掌握全局的男人稍微動一下，他們就要沒命一般。他們只能等待，只能看著艾納里行動，也只能聽他指揮，因為亞森・羅蘋正扯著帷幔，讓他們看不清未知的風景。

艾納里轉動鑰匙，打開門先進去，然後其他人才魚貫進門。

眼前的景象讓吉蓓特發出驚叫，倒在伯爵身上，而伯爵也雙腿發軟，幾乎站不穩。

尚恩・艾納里很快扶住他們。

譯註：

①波隆尼爾（Polonius），莎士比亞名著《哈姆雷特》一角，個性頑固，因躲在掛毯後方偷聽哈姆雷特母子談話，而遭哈姆雷特刺殺身亡。

chapter 11

小女伶瓦蕾莉

這是奇蹟嗎？未免太離奇了！十分鐘前大家才剛從梅拉瑪府的庭院離開，現在竟又回到梅拉瑪府的庭院來。可是，確實已經過了塞納河，明明只走過一趟，並沒繞一圈回到起點。另外從雲飛路出發後，車子明明開了三公里左右（三公里約莫是過去巴黎南北向的長度，等於從榮軍院到孚日廣場），此刻卻又站在梅拉瑪府的院子裡。

沒錯，一定是奇蹟！儘管知道十分鐘前與現在，是待在不同的地方，但除非觀察入微或機警謹慎，根本分不出兩地的歧異。乍看之下，只會覺得是一樣的場所，梅拉瑪府既在這兒，也在那兒，一處靠近榮軍院，一處則靠近孚日廣場。

映入眼簾的，一草一木分毫不差，輪廓及色調均無二致，外觀極度類似，亦都座落在庭院盡頭，不僅如此，連散發出的氛圍都一模一樣，歲月在狹窄細長的城牆間留下飄蕩的魂魄，磚牆因鄰近河流而透著些許濕氣。

包括石材也出自同一座採石場，裁割成相同的大小，且同樣因年代久遠而變了色澤。院子裡的鋪路石同顯斑駁，石磚與石磚間留有空隙，散著亂草，色調亦不如往常，大家還注意到屋頂也是一樣的暗綠色調。

吉蓓特腳步搖晃，喃喃自語：「我的天！怎麼可能！」

阿德安・梅拉瑪眼前又浮現飽受折磨的家族故事。

艾納里帶著他們走向台階。

「我的小愛蘭緹，」艾納里說：「還記得那天我帶妳們到梅拉瑪府的院子時，妳有多驚訝嗎？雷吉娜和妳立刻指認這六級石階。不過，妳們走過的其實是這座庭院，爬的也是這個石階。」

「簡直一模一樣。」愛蘭緹說。

的確，他們腳下的石階，跟雲飛路的完全相同，六級台階之外，上方也覆著破損的玻璃遮蓋。推門進入這幢奇怪的屋子後，又發現大廳地板鋪著的地磚，樣式及產地皆相同，鋪設手法也是一個樣兒。

「連腳步聲都沒變。」伯爵想起他進入雲飛路宅邸時，就是這個腳步聲。

伯爵本想看看一樓其他房間，但因時間緊迫，艾納里沒讓他繼續看，催促他們爬上二十五級的樓梯，樓梯上鋪著同款式的地毯，還有同樣精工鐵製的扶手。上樓後，迎面即看到三扇房門，跟雲飛路一樣。然後他們走進客廳。

客廳帶給他們的驚異不亞於庭院。廳內的擺設裝潢、品味氛圍如出一轍，同樣的家具及小裝飾品，布料磨損的程度也相當，還有顏色相同的掛毯、圖案相同的地板，水晶吊燈、燭台、抽屜鎖頭、燭台托盤一樣不缺，連搖鈴繩也只剩半條。

「愛蘭緹，這就是歹徒打算囚禁妳的地方，對嗎？」艾納里說：「很難不弄錯吧？」

「我分不清究竟被綁到哪裡了。」她回答。

「就是這兒，親愛的愛蘭緹。妳爬的是這個壁爐，躺的是這座書櫃，最後從這扇窗戶逃跑，來看看吧！」

他從窗戶指著種有灌木叢的花園，周邊圍繞著高牆。花園盡頭有一間廢棄小屋，屋旁牆角處有一個供傭人出入的小門，愛蘭緹開的就是這道門。

「貝舒，」艾納里出聲命令：「帶法傑霍過來，最好直接把車子開到台階前，然後叫你的人等在外頭，等一下會需要他們。」

貝舒隨即照辦。大門開啓傳來的轟隆聲，以及汽車駛上鋪石路的聲音，跟雲飛路那兒又是一模一樣。

上樓的時候，貝舒匆匆對其中一名警察交代：「你叫另外兩位待在樓下大廳，然後馬上到警局申請三位同仁支援，就說情況緊急。來了以後，安排他們坐在地下室樓梯口，就是地下室門口那邊。也許用不到他們，只是以防萬一。對了，在警局千萬別洩漏一個字，功勞全是我們的，我可不希望有人來分一杯羹，知道嗎？」

他們把安東尼．法傑霍放在扶手椅上。艾納里重新關上門。

此刻已經有點超過艾納里預計的二十分鐘，法傑霍開始有了動靜。艾納里拿下他臉上的紗布，丟到窗外，然後對吉蓓特說：「夫人，麻煩將帽子及大衣擺在一邊，您得告訴自己，現在正置身雲飛路宅邸，而不是別人家，因為對安東尼．法傑霍來說，我們仍留在雲飛路。儘管各位不會跟我唱反調，我還是要再次提醒。畢竟現場諸位，包括我，都很在乎事情能否順利解決。」

此時，法傑霍深呼吸一口氣，把手放在額頭上，彷彿想趕跑令他昏睡的莫名睡意，艾納里緊盯著他。

伯爵忍不住開口問：「所以這男人是惡徒的後代？」

「沒錯，」艾納里說：「您一直覺得有人與梅拉瑪家族作對，是躲在暗處、陌生的加害者，您猜得沒錯，可惜不足以解開謎團。現在，除非把事情拆開來看，否則難以理解全貌，也無法找出答案。這齣悲劇，除了我所謂的台詞、演員之外，布景也舉足輕重，每個房間、每件家具都關乎劇情發展。我得說愛蘭緹和雷吉娜看見的擺設裝潢，您的客廳確實一樣也不少，但是，他們看到的其實是這裡的客廳。」他停下來，環顧四周，確認一切準備妥當。

現場氣氛緊繃，大家都竭力保持冷靜，安東尼・法傑霍逐漸從昏沉中清醒，麻醉藥的劑量很微弱，他不久就恢復知覺，夠讓他想起發生什麼事。他記得被揍了一拳，而之後發生的事，他的記憶完全空白，也沒想到自己著實昏睡了好一會兒。

他想了又想，不禁開口：「發生什麼事？我怎麼覺得好累，腰痠背痛的，是過多久了？」

「我發誓，沒過多久，」艾納里笑著說：「不超過十分鐘，但我們正要開始吃驚，你有見過拳擊手被打一拳後，就昏倒在拳擊場上十分鐘的嗎？很抱歉，我沒想到自己打這麼大力。」

法傑霍狠狠瞪了他一眼。「我想起來了，」他說：「你惱羞成怒，因爲我拆穿你的假面具，認出你是羅蘋。」

艾納里一臉抱歉。「什麼？你還在講那件事！雖然你只睡十分鐘，事情進展已大不同，什麼羅蘋、巴內特啊！都是老話題了！這裡沒人再對那些蠢事有興趣！」

「那對什麼有興趣？」法傑霍滿臉問號，在場人士雖曾與他友好，現在卻都面無表情，甚至避開他詢問的目光。

「對什麼有興趣？」艾納里嚷著：「當然是你的來歷啊！大家只想知道你跟梅拉瑪家族的故事，但坦白講根本是同一件事。」

「同一件事？」

「當然啦！你最好也一起聽吧！因爲你知道的也只是部分，而非全部。」

兩人交談的同時，其他人都按艾納里要求保持沉默，且有志一同，假裝沒離開雲飛路客廳。就算有一絲懷疑鑽進安東尼．法傑霍腦中，只要看見吉蓓特和伯爵，也會相信他身處梅拉瑪府。

「來吧！」他說：「我倒想聽聽你怎麼說，快講，說完換我。」

「換你交代我的來歷嗎？」

「對。」

「根據你口袋的文件嗎？」

「沒錯。」

「可是那些文件不歸你了。」

法傑霍找了找口袋，不禁發出咒罵：「流氓！你偷走了。」

「我已經跟你說，大夥兒沒空關心我的事，把你的事講完就夠了。現在，麻煩閉嘴。」

法傑霍強忍氣憤，雙臂交叉，他撇過頭，刻意不轉往愛蘭緹的方向，裝出滿不在乎及蔑視的態度。

從這時候起，艾納里就當安東尼．法傑霍不存在。他的話，是對伯爵兄妹說的。終於到了揭露梅拉瑪家族祕密的時刻，這回是鉅細靡遺，不再一知半解。艾納里用詞精確，沒半句廢話，他不作無謂的推測，只憑證據說話。

「不好意思，我得追溯到梅拉瑪家族的歷史，因爲罪惡的源頭，比兩位想像的更加久遠。您們一直受兩個不祥的日期糾纏，也就是兩位無辜祖先慘死的日子，殊不知這兩個日期早已注定，是因感情糾紛而起的殺機，時間在十八世紀末，當時梅拉瑪府已經蓋好了二十五年，對嗎？」

「對，」伯爵承認，「門前有塊石板，上頭的日期是西元一七五〇年。」

「然後，在一七七二年，您的祖先法蘭索・梅拉瑪，就是居爾・梅拉瑪將軍大使的父親，亦是死在牢裡的阿逢斯・梅拉瑪的祖父，他重新裝潢宅邸，當時的裝潢一直維持到現在，對嗎？」

「是的，我手上有完整的裝潢清單。」

艾納里接著說下去。

「當時法蘭索・梅拉瑪剛迎娶了富有金融家的女兒安麗葉，兩人十分相愛，安麗葉生得國色天香，法蘭索覺得美女應該配華宅，因此花了大錢重新裝潢，但並非隨意浪費，他眼光不差，除了親自監工，也請教優秀設計師的意見。據法蘭索的描述，他和溫柔的安麗葉過著非常幸福的日子。在年輕丈夫眼中，沒有任何女人比他太太漂亮，而品味一流的他挑選、訂購來裝潢內居的藝術品及家具，當然也是頂級精品，他花了許多時間擺設，甚至明列清冊。

「後來，伯爵夫人忙著教育孩子，她的生活依舊平靜愉悅，可是法蘭索・梅拉瑪卻有點變樣了。很不幸地，他迷戀上女伶瓦蕾莉，她年輕漂亮、聰明風趣，本事不大，野心倒不小。表面看來毫無異狀，法蘭索・梅拉瑪還是深愛妻子，也很尊重她；照他的說法，他留了七、八分的心給愛妻，只是每天早上十點到下午一點，便會藉口散步或拜訪有名的畫家，跑去找情婦共度午餐時光。

他很小心，所以溫柔的安麗葉完全不知情。

「唯獨一件事讓出軌的丈夫不太高興，就是他得離開位於聖日爾曼區的心愛宅邸及收藏，到情婦寒酸的住處，那兒沒一樣東西他看得順眼。背叛老婆他不感內疚，離開宅邸才眞是讓他痛苦。由於許多富商及大地主，都會在塞納河另一岸的古沼澤區蓋渡假別墅，他便也在那兒建了與雲飛路這棟幾乎相同的宅邸，裝潢完全比照辦理，只是外觀不太一樣，免得讓人認出伯爵的品味，豈不露了馬腳？他以情婦的名字命名，喚新居爲『芙璃．瓦蕾莉』。有一次他走進『芙璃．瓦蕾莉』的庭院，還以爲自己回到舊家，因爲連關門的聲音都一樣。

「院子裡鋪著產地相同的石磚，台階也是六級，大廳有同款的地磚，每個房間的家具及擺設都相同。總歸是完全照他的品味及習慣來做，他再也不會看不下去，儼如又回到家了。他用同樣的方法打理新家，也不忘分類、造冊、清點，不管是新家、舊家，他都不能忍受任何小東西不見，或者沒放在原來的位置。

「講究細節，崇尚細膩，可是這些，唉！卻帶他走向毀滅，甚至讓家族數代陷入悲慘命運。伯爵外遇的傳聞漸漸在貴族名流圈傳開。大家傳得繪聲繪影，迦里艾尼修道院院長馬蒙德和演員福勒黎，都透過回憶錄或書信，用隱晦的詞語影射這事。

「女方大發雷霆，又深信情人一定會聽她的，所以逼迫法蘭索做出抉擇，不是選擇女人，而是選擇房子。法蘭索想都沒想就選了雲飛路的宅邸，他用美麗的便箋寫信給情婦，還引述格林男爵①

的話：『我又老了十幾歲，美麗的芙蘭達，妳也是。我們在一起二十年了，走了二十年，能好聚好散不是最好嗎？』他就這樣拋棄了瓦蕾莉，舊沼澤街的宅邸則留給她，他跟心愛的收藏品道別時，沒有絲毫遺憾，反正他回家還能見到一樣的東西，這次他是眞的回到安麗葉身邊了。

「瓦蕾莉憤怒到極點，某日她闖入雲飛路宅邸，幸虧安麗葉不在。她歇斯底里，吵鬧不休，惹得法蘭索破口大罵，用力將她推出門外。從那刻起，她只想著復仇。三年後革命爆發，她美貌不再，脾氣又壞，但依然富有，嫁給革命家福傑・登維萊的朋友馬丁先生。革命給了她一個角色：她告發不願搬離大宅的梅拉瑪伯爵，在熱月政變②的前幾天，伯爵及溫柔的安麗葉一起被送上斷頭台。」

艾納里停下來。在場者個個聽得入神，都想知道接下來的事，唯獨法傑霍一臉漠不關心。

梅拉瑪伯爵說：「我們不清楚祖先的溫柔情史，不過確實聽長輩說過，告發玄祖父母的是一位瓦蕾莉夫人，名不見經傳的演員。之後一段顛沛流離中，很多東西都佚失了，家族檔案也只留下帳簿跟物品清單。」

「但這個祕密，」艾納里說：「馬丁夫人始終沒忘。因為丈夫馬丁也上了斷頭台，她成了寡婦。她一直待在『芙璃・瓦蕾莉』，足不出戶，與兒子相依為命，不斷提醒兒子仇人的名字。法蘭索夫婦的死並不能讓她滿足，加上法蘭索的長子居爾・梅拉瑪在拿破崙麾下立下戰功，在復辟時代又身居外交要職，這讓她重生仇恨怒火。她誓言毀了居爾・梅拉瑪，開始監視他的一舉一動，等到如日中天的居爾獲准重新入住雲飛路宅邸時，她便開始策劃邪惡陰謀，將他送進監牢。

「在一連串可怕的證據前，居爾．梅拉瑪不得不低頭。他被指控犯罪，其實犯案的並不是他，問題是被指認出的犯案現場客廳，就跟他家一模一樣，家具、牆壁上的掛毯都是。於是，瓦蕾莉再次復仇成功。

「二十二年後，一百多歲的她過世了。兒子雖然先她一步進了墳墓，但留下一個十五歲的孫子多明尼克．馬丁，也同樣學會仇恨及犯罪，他從祖母那兒得知有兩棟梅拉瑪府，知道能藉此祕密爲非作歹。這回輪到他出手，他精心策劃了迫使拿破崙副官阿逢斯．梅拉瑪自殺的陰謀。阿逢斯被控在客廳謀殺兩名女子，但那其實不是雲飛路的客廳。這個多明尼克．馬丁就是目前警方追捕的老人，是洛荷絲．馬丁的父親。眞正的悲劇就此揭幕。」

根據艾納里的敘述，眞正的悲劇現在才開始，前面不過是序幕及預備。過往的傳說說明了來龍去脈，現在，在場者可以從遙遠的年代回到今朝。演員仍然存在，如今他們做的壞事，更令人感到切身之痛。

艾納里繼續說下去。

「瓦蕾莉在十八世紀末過世，多明尼克接下復仇大業，直到二十世紀初。就算過了一世紀，要說是法蘭索．梅拉瑪的情婦下令，促使凶手殺害勒庫塞市議員的話也不爲過，畢竟，是她激起孫子的怨恨。

「仇恨仍未停歇，可復仇動機已不再單純。除了從小受仇恨思想洗腦，以及遵照祖母遺願的理由外，多明尼克・馬丁會頻使陰謀，也是爲了錢。他設計副官阿逢斯・梅拉瑪，害他舉槍自盡，除了復仇，更夾雜著掠奪及詐騙。然而搜刮來的錢財，下場跟祖母的遺產一樣，很快被多明尼克揮霍殆盡，他只好靠騙錢及偷竊爲生。不過，做這些壞事風險極大，他找不到像雲飛路宅邸那樣的不在場證明，因爲宅邸大門深鎖多年，梅拉瑪一家自阿逢斯出事後，便舉家搬遷避居鄉下，導致多明尼克無法幹一筆大的，也無法再攻擊世仇。

「那時爲了生活，他似乎帶了一票狐群狗黨，陸續犯下幾件小案子，細節我不太清楚。他很早就結婚了，對方品德高尚，十分正直，卻死於悲傷及憂鬱，應該給他留了三個女兒，維多莉娜、洛荷絲和費莉西，她們在瓦蕾莉的宅邸長大成人。維多莉娜和洛荷絲很早就幫著爸爸爲非作歹，只有遺傳母親正直天性的費莉西不願同流合污，寧願離家出走，嫁給一位名叫法傑霍的勇敢男人，跟他到美洲去。

「十五年過去了，多明尼克的生活仍然不好過，而他和兩個女兒怎樣都不願賣掉僅剩的祖產，也就是瓦蕾莉大宅。爲了保有完整自由的使用權，他們不轉讓也不抵押，以求一有機會馬上利用。當然，怎能不期待？因爲雲飛路上的宅邸又重新開放了，阿德安・梅拉瑪伯爵及胞妹吉蓓特忘了過去可怕的教訓，返回巴黎定居。何不利用他們的出現，再來一次對付居爾和阿逢斯・梅拉瑪的招數？

「陰謀被提起的同時，多明尼克遷居美洲的女兒費莉西及其夫婿，恰在布宜諾賽利斯去世，他們生了個兒子，當時年僅十七歲，身無分文，一籌莫展，怎麼辦呢？他於是決定來巴黎看看。某個風和日麗的日子，沒事先通知，他按了祖父及阿姨家的門鈴。門微微開了。『有什麼事？您是誰？』『安東尼．法傑霍。』」

一聽到自己的名字，對自己見不得光的家族史明明也很感興趣的安東尼．法傑霍，微微轉過頭，聳聳肩冷笑道：「你在胡說八道什麼？你去哪兒蒐集這一堆毀謗我的東西？瓦蕾莉？舊沼澤街的宅邸？兩棟雙胞胎似的屋子？從沒聽說這些蠢事！肯定是你捏造的。」

艾納里不理會安東尼的插話，接著往下說。

「安東尼．法傑霍來到法國，對過去的事並不知情，外祖父及阿姨也只讓他知道無關緊要的部分。這個年輕人友善又聰明，他深愛母親，遵照母親的教誨行事，因此多明尼克他們也沒想能夠一下子改變他，他們花了點時間，很快就發現年輕人雖然才華洋溢，但個性散漫懶惰，且揮霍成性。於是，在用錢方面他們未加制止，反而鼓勵他：『享受人生吧！親愛的，到社交界玩玩，結交對你有用的朋友，盡量花錢，如果不夠我們會想辦法。』安東尼花天酒地，欠下巨額賭債，財務慢慢出了問題。終於，有一天阿姨們宣布破產，他得工作。大阿姨維多莉娜不也在工作？她在聖德尼路不是有間雜貨店？

「安東尼心不甘情不願。工作？他才二十四歲，怎能把時間花在工作？像他這麼機靈、友善又俊俏的男孩，又怎能受限於這些綁手綁腳的麻煩事？兩姊妹便順勢說出法蘭索・梅拉瑪及瓦蕾莉的事，向他透露兩棟宅邸的祕密，然後，避提謀殺案，只說了對他有利可圖的部分。兩個月後，安東尼想盡辦法，終於結識梅拉瑪女爵和阿德安伯爵，並得以引介入府，成爲雲飛路宅邸的貴賓。至此，計謀呼之欲出。吉蓓特女爵剛離婚，漂亮又富有，他打算跟女爵結婚。」

這項指控引起法傑霍嚴正抗議。「剛剛那些荒唐的污衊，我可以當作沒聽到，也懶得反駁，但我無法接受你扭曲我對吉蓓特・梅拉瑪的感情。」

「我沒說你不愛，」艾納里讓步，話說得保留，「當時的法傑霍年紀輕輕，心地善良，難免有些浪漫情懷。但無論如何，他得先完成計畫。爲了表現闊氣，他堅持得荷包滿滿，要求阿姨們賣掉一些瓦蕾莉的家具，老多明尼克爲此大發脾氣。他處心積慮追求了一年，到頭來卻白費心機，因爲當時伯爵根本不信任他。有一天他突然冒昧造訪，梅拉瑪女爵還按鈴找來僕人，將他掃地出門。

「他的夢想破滅，一切都得重來，太慘了！到底怎樣才能擺脫不幸？恥辱與怨恨打碎了母親對他的良好影響，瓦蕾莉傳下的劣根性則趁機經由這個傷口，滲入他內心，他發誓要報仇。那段期間他四處流浪打零工，偷拐搶騙，做了許多壞事，口袋空空時就回到巴黎，賣掉一些家具，也不管會和外祖父起衝突。這些賣掉的家具被寄到國外，上頭都有夏布的簽名，貝舒和我不就在古董商家找到證據嗎？

「宅邸越來越空，又何妨？最重要的是保住房子，別動到客廳、樓梯、大廳和庭院的擺設。

喔！馬丁姊妹對這點絲毫不讓步。兩間客廳絕對要一模一樣，否則犯案時很可能被識破。她們握有法蘭索．梅拉瑪的清冊及明細複本，不允許任何東西不見。

「洛荷絲．馬丁尤其堅持。她從父親那兒得到瓦蕾莉留下的雲飛路宅邸鑰匙，好幾次利用晚上偷偷潛入。因此，有一天梅拉瑪伯爵才會發現少了幾樣小東西，就是因爲洛荷絲來過。她割斷搖鈴繩，因她家的搖鈴繩已經少了半條。她還偷走燭台及抽屜鎖頭，因爲在她家這些東西都遺失了，事情就是這樣來的。沒價值的東西？沒錯，以一般人的觀點來說是這樣，但姊姊維多莉娜可不這麼覺得，她是二手雜貨商，對她而言什麼都是寶。她在跳蚤市場賣妹妹偷來的贓物，剛好被我買下來，另一方面我循線追到她的店舖，最後在那兒見到法傑霍。

「那時馬丁家情況很糟，家徒四壁，連塡飽肚子都有問題。能賣的都賣了，剩下的，祖父又保護得好好的。該怎麼辦呢？此時，歌劇院準備舉行大型慈善晚會，正大肆宣傳。腦筋動得快的洛荷絲．馬丁萌生大膽的想法，就是去偷鑽石馬甲。

「『好主意！』安東尼．法傑霍興致勃勃，才花二十四小時便準備就緒。慈善晚會當晚，他溜進後台，在假花上放火，擄走雷吉娜．奧布里，將她丟進偷來的車裡。原本綁架成功後，只要在車上搶走馬甲，事情就告完結。但洛荷絲．馬丁有別的想法。瓦蕾莉的曾孫女可沒忘了家族仇恨，無論如何，有機會報仇絕不放過。她決定回到舊沼澤街，在與梅拉瑪府一樣的客廳裡進行搶案。說實在的，萬一被發現，可不剛好將辦案方向導向雲飛路，等於拿對付居爾和阿逢斯．梅拉瑪的手段再次陷害現在的伯爵?

「所以,竊案現場是瓦蕾莉的客廳。洛荷絲刻意露出手指,模仿女爵戴上鑲有小珍珠的戒指,排列方式也呈三角形狀,並穿上以黑天鵝絨布鑲邊的深紫色洋裝,安東尼・法傑霍則學伯爵穿上淺色長統靴。事發兩小時後,洛荷絲・馬丁潛進梅拉瑪府,將禮服偷藏在書櫃裡,幾星期後,被我帶到梅拉瑪府的貝舒警長搜出,鐵證如山。伯爵被捕,女爵逃走,梅拉瑪家族第三度身敗名裂。先是醜聞、坐牢,然後自殺,而瓦蕾莉的後代卻躲過法律的制裁。」

艾納里娓娓道來,沒人想從中打斷。他不帶任何感情,有時輔以手勢說明,讓大家彷彿親身經歷,一起抽絲剝繭,逐漸找出故事的結局。

法傑霍若無其事地笑起來。

「實在有趣,故事講得多精采,這部長篇小說眞是高潮迭起,極具戲劇張力,佩服、佩服,艾納里。但很遺憾,關於我的身世,我與馬丁家根本沒半點所謂的親戚關係,也完全不知有第二棟宅邸,這些只存在你豐富的想像中。很不巧,我的角色絕對與你分配給我的相反,我從未綁架過任何人,也沒偷什麼鑽石馬甲。梅拉瑪伯爵兄妹、愛蘭緹、貝舒和你本人,各位朋友,也看到我的作爲了,只有正直和無私。你錯得離譜啊,艾納里。」

反對有理,在某些方面來說,伯爵兄妹確實被感動過。法傑霍的種種外在表現實在無可非議。再說,或許他眞的不知道第二棟宅邸的存在。

艾納里並未就此罷手，但仍舊沒有直接回嗆。

「外表可以騙人，態度也能造假。法傑霍一副正直模樣，我可不買帳。第一次在他阿姨維多莉娜的店舖遇見他，我就認爲他是敵人。還有那晚，跟貝舒一起躲在掛毯後方聽他說話，更確定我的懷疑，法傑霍這廝在演戲。但我不得不承認，從見到他那天起，他的行爲讓我如墜入五里霧中，因爲這個敵人似乎未按計畫行事，他做的與我想的完全相反，不但沒攻擊梅拉瑪兄妹，還出手相救，簡直轉換陣營了。怎麼會這樣？喔！非常簡單。是愛蘭緹，我們美麗又溫柔的愛蘭緹，闖進他的生命。」

法傑霍聳聳肩笑道：「哎呀，越來越可笑了，艾納里。愛蘭緹能改變我的本性？況且，我甚至比你還早開始跟蹤嫌犯，並幫忙追捕，又怎麼會是他們的同夥？」

艾納里回答如下。

「愛蘭緹走入他生命已經有段時間了。梅拉瑪伯爵，您應該記得自己因發現愛蘭緹與過世的女兒十分相像，而跟蹤她好幾次。歹徒這邊也常跟蹤您，有時是安東尼，有時是他阿姨，安東尼因此注意到愛蘭緹，他會遠遠跟到她家附近，在暗處徘徊，某個晚上愛蘭緹出門，他甚至想上前攀談。開始只是好奇，但隨著見面次數增加，逐漸轉爲強烈的情感。別忘了安東尼先生感情豐富，擅長在詭計中混雜著浪漫情懷，他可不喜歡曖昧。成功綁架雷吉娜幫他壯了膽，讓他不再猶豫。儘管洛荷絲・馬丁覺得危險，仍然同意幫他，於是他綁架了愛蘭緹。

「他原本打算軟禁愛蘭緹，限制她的行動，等她筋疲力盡。只不過希望落空，愛蘭緹逃走了，這下他眞的非常沮喪。是的，那幾天，他痛苦不已。他不能沒有愛蘭緹，他想見她，想得到她的愛。結果某天晚上，計畫大轉彎，他去拜訪愛蘭緹母女，介紹自己是梅拉瑪家的老朋友，並肯定伯爵及女爵的無辜，問愛蘭緹願不願意幫他來證明他們的清白？

「梅拉瑪伯爵，您不就親眼看到，改變計畫後他得到的好處，也看到他如何執行計畫？一夕間他便贏得愛蘭緹的好感，幸運地修補了錯誤，還與她合作；另外更得到令妹的感激，說服女爵上法庭據理力爭，教她如何捍衛清白，也好救您出獄。在我絞盡腦汁、閉關思考時，他已經登堂入室，成了您的貴賓。這位好心人受到大家熱情款待，不知哪來如此身價的他提議拿出好幾百萬幫助愛蘭緹實現助人的夢想，也因此將自己拉出深淵，終於，愛蘭緹同意跟他結婚。」

譯註：

①格林男爵（Baron Friedrich Melchior de Grimm，一七二三～一八〇七）：法國書信體文學大家，為《文學通訊》（*Correspondance Littéraire, Philosophique et Critique*，一七五三～一七九三）之主編。

②「熱月政變」發生於一七九四年七月二十七日，為推翻羅伯斯比（Maximilien Robespierre，一七五八～一七九四）主導之恐怖統治所發動的政變，亦為法國大革命劃下句點。

chapter 12

亞森・羅蘋

安東尼・法傑霍走近艾納里。他的一舉一動全被赤裸裸攤在陽光下，無所遁形，大概因爲想起麻醉藥害他昏昏欲睡、全身無力，又想到竟然被一個他打從心底認爲毫無勝算的對手打得落花流水，原本嘲諷冷漠的表情已不復見。他站在艾納里面前氣得全身發抖，卻無從發洩，還得強忍怒火逼自己從頭聽到尾，他勉強吐出幾句話。

「你說謊！你不過是個混蛋，因爲嫉妒才攻擊我！」

「或許吧！」艾納里叫道，猛然轉向他，終於願意來場正面衝突。「或許因爲我也愛愛蘭緹。不過你的敵人不是我，你現在眞正的敵人，是活在過去的那些同夥，就是你的祖父、阿姨們，他們對過去仍抱著死忠的信念，而你則想重新做人。」

「我不認識那些嫌犯！」安東尼．法傑霍大吼，「我只知道他們是敵人，我要跟他們對抗，趕走他們。」

「你對抗是因爲他們礙到你了，你擔心受牽連，決定先發制人。但那幫惡徒，或者說狂人，不可能屈服的。由於市政府剛好有項沼澤區道路拓寬計畫，其中一條就是舊沼澤街。假如眞的進行拓寬，新路將會穿過瓦蕾莉宅邸。這點是多明尼克．馬丁及他的女兒們都無法接受的，老家絕不容侵犯，那是他們的肉、他們的血，任何破壞都是褻瀆。於是，洛荷絲．馬丁去找名聲可議的市議員關說。議員設下圈套，卻被她逃脫了，老多明尼克一槍殺死了勒庫塞先生。」

「這我哪裡知道？」安東尼反問，「這樁謀殺案還是你告訴我的。」

「沒錯，但謀殺犯是你的祖父，洛荷絲．馬丁則是共犯！就在同一天，他們將矛頭指向你的心上人，他們認定愛蘭緹是罪魁禍首。畢竟，假如你沒認識她，假如你不是一意孤行，堅持與她結婚，就不會背棄家族利益。所以愛蘭緹該死，這肉中刺非拔除不可。他們誘騙愛蘭緹到一處偏僻的修車廠，萬一你沒及時出現，愛蘭緹早被活活燒死了。」

「所以，我是愛蘭緹的朋友！」法傑霍大聲說：「與這些壞蛋誓不兩立。」

「對，但這些壞蛋，是你的家人。」

「胡說八道！」

「就是你的家人。我能證明當天晚上你們曾發生激烈爭執。你責怪他們的罪行，大叫你不想殺人，還禁止他們碰愛蘭緹一根頭髮。儘管如此，你跟他們仍脫不了關係。」

「誰跟歹徒有關！」法傑霍退後，全力反擊。

「有，還跟他們一起偷竊。」

「我沒偷東西。」

「你偷了鑽石，更甚者，還把鑽石藏起來，佔爲己有。他們想分贓卻被拒絕，因而起了內訌，反目成仇。你們之間，是生死交關的戰爭。他們遭警方通緝，因爲擔心被你出賣，於是搬離宅邸，避居郊區的小屋。但他們不會善罷干休。他們想要鑽石，也想保住祖屋！所以他們寫信給你，不然就通電話，接連兩晚約在戰神公園見面，雙方仍談不攏！你拒絕平分鑽石，也不願放棄結婚。於是他們三人使出殺手鐧，打算除掉你。在昏暗的公園裡，一場激烈的打鬥開始了。仗著年輕力壯，他們打不過你，想不到當你準備離開時，維多莉娜・馬丁緊抓著你不放，爲了擺脫她，你給了她一刀。」

法傑霍有點重心不穩，臉色變得蒼白。回想起那可怕的一分鐘，讓他亂了陣腳，他的額頭滴下汗水。艾納里再接著補充。

「從此以後，似乎沒什麼需要擔心了。大家都對你有好感，你取得梅拉瑪伯爵和女爵的信任，還成了馮烏朋的朋友、貝舒的顧問，大局由你掌控。你的意圖何在？就是擺脫過去，並讓瓦蕾莉宅邸被徵收，進行拆除工程，徹底與馬丁家斷絕關係，你想再找機會補償他們吧！現在，你重新得到敬重，將與愛蘭緹結婚，並買下雲飛路宅邸。如此一來，你結合了兩個長久敵對的家族，就能問心無愧、光明正大地接收這棟房子和家具，至於瓦蕾莉那棟宅邸，再也無法被拿來犯罪。這就是你的目的。

「唯一的阻礙是我！你知道我對你的敵意，也知道我對愛蘭緹的感情。因此，為保險起見，也為了避免功虧一簣，你提高警覺，想辦法舉發我。我不就是你最好的護身符？告發我，就能保你不被指控，對嗎？你故意在紙上寫了亞森・羅蘋的名字，並悄悄塞進女雜貨商的口袋。你耍這個小手段，想讓人懷疑亞森・羅蘋就是尚恩・艾納里。然後又投書報社告發他，甚至推出貝舒與我對立。你和我誰能獲勝？誰能讓對方先被抓？當然是你，不是嗎？你志得意滿，自認勝券在握，所以公開挑釁。結局快揭曉了，再幾個小時，或者只要幾分鐘。我們都在對方面前，在警方的監視下，我們之中，貝舒只會挑選其一。危機迫在眉睫，我認為最好以退為進，如同有人說的，在恰當時候才予以對方致命一擊。」

安東尼・法傑霍望著四周，想尋求支持及認同，但伯爵兄妹及馮烏朋都嚴厲地看著他。愛蘭緹看來心不在焉，貝舒則是一臉漠然，只等著逮捕罪犯。

他發抖著，卻依然挺直腰桿，試圖迎戰。

「你有證據嗎？」

「非常多。八天以來，我都躲在暗處監視馬丁家，已成功找到證據。我有洛荷絲和你寫給對方的信件，還拿到幾本記事簿，應該是女雜貨商維多莉娜・馬丁的日記，裡面詳述了瓦蕾莉家的故事和你所有的事。」

「那你為何不交給警方？」安東尼・法傑霍指著貝舒囁嚅問道。

「首先，我想讓你這狡猾又沒羞恥心的傢伙心服口服，再者，我想留給你一個將功贖罪的機會。」

「什麼機會？」

「歸還鑽石。」

「我沒有鑽石！」安東尼・法傑霍叫道，氣得跳腳。

「你有。洛荷絲・馬丁說東西在你這兒，被你藏起來了。」

「藏在哪裡？」

「在瓦蕾莉府。」

法傑霍十分火大，回擊說：「所以你知道那棟不存在的宅邸？你知道那棟奇怪又詭祕的屋子在哪兒？」

「當然囉！洛荷絲・馬丁打算買通市議員更改報告那天，我到了現場才發覺，是跟拓寬道路有關的內容。知道是哪條路後，就很容易找到前有院子、後有花園的瓦蕾莉府。」

「那麼，你怎麼不帶我們去？如果你想揭發我，要求我交出藏在那裡的鑽石，為什麼我們不去瓦蕾莉府？」

「我們已經在府裡啦。」艾納里平靜地說。

「你說什麼？」

「我說，拜那點麻醉藥之賜，讓你小睡了一會兒，才能將你連同梅拉瑪伯爵及女爵一起帶來這裡。」

「莫非這裡就是……」

「對，瓦蕾莉府。」

「但我們不是在瓦蕾莉宅邸！我們在雲飛路。」

「我們是在你搶劫雷吉娜及挾持愛蘭緹的客廳裡。」

「不可能……不是眞的……」安東尼發狂地喃喃自語。

「怎麼樣？」艾納里冷笑，「對你這位瓦蕾莉的曾孫，多明尼克・馬丁的孫子，不把假象弄得逼眞，你怎會乖乖就範！」

「這不是眞的！你說謊！不可能！」法傑霍重複說著，努力想找出一絲相異處，卻找不到。

艾納里毫不留情地強調：「就是這裡！這就是你和馬丁家人住的地方！整間宅邸幾乎空了，只剩客廳保留全套家具，樓梯、庭院也還維持百年來的樣貌。這裡就是瓦蕾莉府。」

「你說謊！你說謊！」法傑霍結結巴巴地說，表情痛苦。

「這裡就是瓦蕾莉府。宅邸早被包圍了，貝舒跟我們一塊從雲飛路那兒來的，他已派人守在院子及地下室。安東尼·法傑霍，這裡就是瓦蕾莉府！糾纏多明尼克和洛荷絲·馬丁一輩子的古宅！他們固定會回來走動。你想看到他們嗎？嗯？你想親眼見他們被捕嗎？」

「看他們？」

「當然囉！如果你看到他們現身，就能肯定這是他們家，相信我們是在舊沼澤街，而不是雲飛路。」

「警察要逮捕他們？」

「除非，」艾納里開玩笑地說：「貝舒拒絕抓……」

壁爐上的鐘敲了六下，聲音細小而尖銳。艾納里隨即宣布：「六點了！你知道他們一向準時。我在某個晚上聽到他們相約六點整回家看看。來窗子這邊看，安東尼。他們總是從花園那頭進來，你瞧。」

法傑霍走近窗戶，勉強從紗質窗簾望出去。其他人則靠著座位探頭張望，大家都異常緊張，不敢亂動。

接著，靠近廢棄小屋的地方，那扇讓愛蘭緹逃跑的小門慢慢打開了。多明尼克先進來，接著是洛荷絲。

「啊！太可怕了……」法傑霍喃喃道：「真是一場噩夢！」

「這不是夢，」艾納里冷笑，「是現實，馬丁先生和馬丁小姐回到他們的地盤了。貝舒，你願意幫忙安排手下，守在客廳正下方的房間嗎？你知道吧？就是放有舊花瓶的那個房間，小心別出聲。只要一丁點動靜，馬丁父女會立刻像影子般消失無蹤。另外提醒你，這棟房子是有機關的，花園底下有個隱密出口，能通往無人煙的小路，直達附近的馬廄。因此，得等到他們距離窗戶十步遠時才能撲上去，將他們綑綁，帶到客廳來。」

貝舒急忙走出去，樓下傳來一陣吵雜聲，隨即恢復安靜。

另一頭，那對父女謹慎地一步步前進，凶手緩慢的步伐或許不是擔心，而是保持小心謹慎，他們老早習慣眼觀四面、耳聽八方，隨時繃緊全副精神。

「喔！眞可怕。」法傑霍重複著。

吉蓓特的情緒沸騰，她凝視著兩名緩步前行的歹徒，心中的不安難以言喻。爲了拯救梅拉瑪家族，她和哥哥剛剛說服自己正待在雲飛路的家。多明尼克和洛荷絲就是害他們遭受苦難的家族後代，這夥人像是從黑暗的過去走出來，想再次將梅拉瑪家族逼到絕境，再次讓他們失去名譽，選擇自殺。

吉蓓特從座位上滑落，跌跪在地，伯爵則生氣地緊握雙拳。

「我懇求您別輕舉妄動。」艾納里說：「你也別動，法傑霍。」

「放過他們吧！」法傑霍哀求著，「如果被關起來，他們會自殺的，我常聽他們這麼說。」

「所以呢？他們做的壞事還不夠多嗎？」

還距離十五到二十步，大家已能清楚看見兩人的臉。他們的表情都很嚴肅，女兒看起來較為冷酷，而爸爸有稜有角的臉讓人印象深刻，不帶一絲人性，也看不出年紀。

突然，他們停下腳步。有什麼聲音嗎？什麼事讓他們停下來？或純粹只是對危險特別敏感？確認無事後，他們又開始往前走。

突然，一群人像獵犬般撲向他們，三名壯漢率先衝向兩人，在他們試圖逃脫或反抗前，便扣住這對父女的脖子和手腕。沒有呼喊，幾秒鐘後，他們從院子消失，被帶往地下室。經過長時間的追捕，多明尼克和洛荷絲，兩位躲在暗處的惡徒後代，犯下重罪卻逍遙法外的父女，終於落網。

現場一陣靜默。吉蓓特跪下祈禱，阿德安・梅拉瑪覺得墳墓的棺蓋總算抬起，他終於能大口呼吸。艾納里靠近安東尼・法傑霍，抓住對方的肩膀。

「輪到你了，法傑霍。你是最後一名繼承者，你幫著這受詛咒的家族作惡，像他們兩個一樣，你得償還百年的欠債。」

安東尼・法傑霍的臉上已不見幸福和無憂無慮。這幾個小時裡，他滿臉愁容，萬念俱灰。他害怕地發抖。

愛蘭緹走近艾納里，懇求道：「救救他！拜託您。」

「沒辦法，」艾納里說：「貝舒在監視。」

「拜託您。」年輕女孩重複說著，「如果您想，一定辦得到。」

「但是他不想被救，愛蘭緹。他只要說句話就行，他偏不講。」

法傑霍一聽，不禁精神大振，隨即問：「我該做什麼？」

「鑽石在哪裡？」

當法傑霍還在猶豫時，馮烏朋發狂似地責罵他。

「鑽石在哪裡，馬上講！否則，我就把你痛打一頓。」

「別浪費時間了，安東尼。」艾納里命令他：「我再重複一次，宅邸被包圍了，貝舒正在部署他的人馬，他們多到你無法想像。如果希望我把你從他手中救出來，就快說！鑽石呢？」

他抓住法傑霍一隻手臂，馮烏朋抓另一邊。

「我可以得到自由？」

「我保證。」

「那之後我會怎樣？」

「你回去美洲，馮烏朋會給你十萬法郎，送你到布宜諾賽利斯。」

「別說十萬法郎！二十萬法郎都沒問題！」馮烏朋嚷說全由他買單，「只要留下鑽石，三十萬也可以！」

安東尼・法傑霍還在猶豫。

「要我叫人來嗎？」艾納里說。

「不……不……等一下……好吧！既然這樣，我同意。」

「說吧！」

法傑霍低聲說：「在隔壁房間，起居室裡。」

「別開玩笑了！」艾納里說：「那房間是空的，所有家具都賣光了。」

「還有吊燈，老馬丁把它看得比什麼都重要。」

「你把鑽石藏在吊燈裡！」

「不，我換掉吊燈下方較小的水晶珠子，換了一半，再用細鐵絲把鑽石綁上去，好讓人把這些鑽石看成跟吊燈珠子一樣，都是鑿洞穿線掛上的。」

「天啊！你這麼做實在太厲害了！」艾納里驚呼，「我對你另眼相看了。」

在馮烏朋的幫忙下，艾納里掀開掛毯，打開房門。起居室確實是空的，只剩天花板仍掛著十八世紀風格的吊燈，垂落切割精細的水晶珠子。

「這是怎麼回事？」艾納里驚訝地說：「鑽石呢？」

三人開始尋找，滿臉問號。馮烏朋結結巴巴，有氣無力地說：「我什麼也沒找到，只看到燈裡少了一些水晶珠子。」

「那怎麼辦？」艾納里說。

馮烏朋搬來一張椅子，把椅子放在吊燈下，接著爬上去，卻立刻失去平衡跌落下來。他嘀咕著：「被拔掉了！鑽石又被偷了！」

安東尼·法傑霍非常驚愕。「不，再仔細看看，這是不可能的，難道被洛荷絲發現了？」

「一定是這樣！」馮烏朋哀嘆著，幾乎說不出話來，「你把鑽石放在這裡不是嗎？」

「對，我發誓。」

「那可好，全被馬丁他們拿走啦。瞧，鐵絲被鉗子剪斷了，真是災難！從沒見過這種事！難道會是……」他突然發出哀號，逃出起居室，往大廳奔去，一邊喊叫：「有小偷！有小偷！小心，貝舒，他們拿了我的鑽石！一定要逼他們說出來，這群壞蛋！得扭斷他們的手腕，用老虎鉗壓碎他們的拇指。」

艾納里回到客廳，蓋回掛毯，盯著法傑霍說：「你確定把鑽石放在那裡嗎？」

「上個禮拜的今天，也是晚上的時候，我回來時鑽石還在原處，而且那晚他們都在外面。」

愛蘭緹走向前，輕聲說道：「相信他吧！艾納里，我確定他說的是實話。他已經遵守諾言，換您信守承諾了，您答應救他的。」

艾納里沒回答，珠寶失蹤似乎打亂他的計畫，他反覆說著：「真奇怪，實在想不通。既然他們拿走鑽石，又何必回來？他們把鑽石藏哪兒了？」

這個意外並沒讓他分心太久，加上梅拉瑪兄妹也頻頻催促他，他們跟愛蘭緹一樣，堅持救安東尼・法傑霍。於是他立刻改變態度，滿臉笑容對他們說：「走吧！我看不管怎樣，各位還是對法傑霍先生抱以同情，他可沒這麼值得！好吧！看看該怎麼辦！振作點，我的老朋友！你看起來像被判死刑，是貝舒讓你害怕嗎？可憐的貝舒！你想知道如何擺脫他嗎？想知道如何從天羅地網中溜走嗎？還有如何避開牢獄之災，安排你逃到比利時，睡個安穩覺嗎？」

他搓著手。

「對，去比利時，就今天晚上！這計畫不賴吧？那麼，我要踩三下了。」

他用腳在地板踩了三下。

第三下時，房門猛然打開，貝舒突然跳進來。

「誰都不准走！」他大吼。

雖然艾納里只是好玩，雖然貝舒也是聽到明確的信號才闖進來，只是他看來非常滑稽，惹得艾納里忍不住大笑，其他人則是一頭霧水。

貝舒重新關上門，凝重且莊嚴，跟平常出勤務一樣的表情。他說：「鐵令如山，沒我的允許，誰都不能離開宅邸。」

「剛好，」艾納里認同，他正舒服地坐著。「我喜歡公權力，雖然由你講出來就很蠢，但你至少口氣堅定。法傑霍，聽到了嗎？假如你想去散步，得先舉手徵求警長的同意才行。」

貝舒火上心頭，大聲說：「你笑話講夠了吧，我們還有另外一筆帳要算，事情可沒你想的這麼簡單。」

艾納里笑了起來。「我可憐的貝舒，你太滑稽了。爲什麼所有悲傷的事，只要你一登場就變得好笑？法傑霍和我的帳已算清了。所以你不用再扮演偉大警長的角色，也別再揮舞逮捕令。」

「你在唱什麼戲？算清什麼帳？」

「全部。法傑霍不用吐出鑽石了，既然老馬丁和他女兒已經落網，相信定能找到鑽石。」

貝舒口沒遮攔地說：「我才不在乎什麼見鬼的鑽石！」

「你眞是粗俗！在女士面前講話這麼沒水準！總之，在場的人全部同意，鑽石的事已經解決了，另外在梅拉瑪伯爵、女爵及愛蘭緹的堅持下，我決定放過法傑霍。」

「是你掀出他所有的底細，」貝舒冷笑，「在你揭穿他、毀了他之後，竟要放過他？」

「不然你想怎樣？他那天救了我一命，我可沒忘。再說，他也不是壞人。」

「他是歹徒！」

「喔！半個歹徒，充其量是耍點不入流的小聰明，是技術不太好的工程師，而且他也試著改過遷善。總之，還算是個高尙的人。貝舒，幫助他吧！馮烏朋要給他十萬法郎，而我會在美洲某銀行，替他找份出納員的工作。」

貝舒聳聳肩。「廢話少說！我要把馬丁家人帶去拘留所，車上還有兩個空位。」

「那樣正好！坐起來舒適多啦。」

「法傑霍……」

「你不能帶他走，否則愛蘭緹會很難堪，那我可不答應。你走吧！」

「你說什麼？」貝舒大叫，怒火中燒，「你仍沒聽懂我說什麼，我說，車上兩個位置給馬丁家人，還能再坐兩個人。」

「你想帶走法傑霍？」

「對。」

「還有誰？」

「你。」

「我？你想逮捕我？」

「沒錯。」貝舒用力抓住他的肩膀。

艾納里裝出萬分驚訝的樣子。

「他眞是瘋了！該關的是他吧！有沒有弄錯！我做牛做馬，釐清所有案情，好處全歸你，不但把馬丁父女都交給你，還解開梅拉瑪家族的祕密，我把全部的榮耀當禮物奉送予你，就算你說都是你發現的我也不計較。我讓你成爲績效最好的探員，得到『超級警長』的美名，這就是你報答我的方式？」

梅拉瑪兄妹在一旁默默聽著，心想這怪人到底想做什麼？雖然是玩笑話，講得卻不無道理。

法傑霍看來比較放心了，而愛蘭緹在擔憂之餘，應該也滿想笑的。

貝舒用誇張的語調宣布：「馬丁父女？那是歸功於警方的監視及馮烏朋的緊迫盯人！樓下大廳有三名壯漢，是警方的人！花園還有三個，也很強壯！瞧瞧他們的模樣，就知道不是等閒之輩。假如你想逃，他們會輪番上陣把你打得跟狗一樣。我已經下令，只要我一吹警哨，他們就馬上跟我會合，二話不說就是拿槍指著你。」

艾納里點點頭，仍是一副不可置信的樣子。

「你想逮捕我！你想逮捕名為尙恩・艾納里的紳士，這位有名的航海家……」

「不，不是尙恩・艾納里。」

「那不然是誰？吉姆・巴內特？」

「都不是。」

「那到底是誰？」

「亞森・羅蘋。」

艾納里噗嗤一笑。「你想逮捕亞森・羅蘋？啊！這眞是太好笑了。沒人抓得到亞森・羅蘋，我的老朋友。說要抓尙恩・艾納里，甚至吉姆・巴內特都還有成功的可能。但，羅蘋？看來，你沒想過羅蘋代表什麼意思吧？」

「代表他跟別人沒什麼兩樣，」貝舒叫道：「他該付出應付的代價。」

「不，」艾納里用力強調，「代表這個男人從不會受制於任何人，尤其是像你這類的笨蛋；代表這男人只忠於自我，他享受人生，隨心所欲，就算願意和警方合作，也是照他覺得恰當的方式。你可以滾了。」

貝舒滿臉通紅，氣得發抖。「說夠了沒？你們兩個，快跟我走！」

「不可能。」

「要我叫人來嗎？」

「他們進不了這個房間。」

「等著瞧。」

「別忘了這是歹徒的巢穴，房子裝了機關。要我證明給你看嗎？」

他轉動牆上一個小圓盤，上頭飾有玫瑰圖案。

「只要轉一轉這個玫瑰轉盤，所有的門就會自動上鎖。你的命令是不讓人離開，我則是不讓人進來。」

「他們會想盡辦法破門而入。」貝舒發瘋似地叫著。

「那就叫他們進來看看。」

貝舒從口袋拿出警哨。

「你的哨子壞啦。」艾納里說。

貝舒用盡全力吹，可一點聲音也沒有，哨子毫無動靜。

艾納里開心得不得了。「天啊！笑死我了！你想戰鬥嗎？我的老朋友，你瞧瞧，如果我眞是羅蘋，你想我會毫無防備，貿然闖進佈滿警網的地方嗎？我會沒事先察覺你的背叛和忘恩負義？老朋友，我再說一次，房子裝了機關，我對這間屋子的機關可是瞭若指掌。」

然後，他湊到貝舒面前說：「你這笨蛋！簡直跟神經病一樣，你以爲把人都找來就抓得到我！我剛才不是告訴你有個祕密出口嗎？那是瓦蕾莉跟馬丁家人的祕密通道，沒人曉得在哪裡，連法傑霍也不知情，只有我知道！所以，我想走就走，法傑霍也是，誰也阻止不了。」

他面向貝舒，把法傑霍推向身後，慢慢靠近壁爐及窗戶中間的牆壁。

「這個凹下去的地方，以前是貴婦的私人會客室，安東尼，找找右邊，有片刻著花紋的隔板，那片隔板是活動的，找到了嗎？」

艾納里留意著貝舒的舉動，發現他正想掏槍，便緊緊抓住他的手臂。

「別那麼嚴肅！笑一個吧！不是很好笑嗎？你想都沒想過會有祕密通道，也沒料到警哨會被我掉包。拿去，眞貨在這兒，現在儘管用吧！」

話聲甫畢，艾納里一個轉身就消失了。貝舒想追，卻一頭撞上牆壁，他敲著門板，回應他的只有裡頭那響亮的笑聲，大家接著聽到有東西鬆脫及劈里啪啦的聲音。

貝舒簡直快瘋了，不再浪費時間傷害自己的拳頭，他立刻拿起警哨跑到窗戶邊，開窗往外跳。一到花園，他猛吹警哨召集人馬，所有人立刻趕往廢棄小屋，沿著那條荒涼小徑往祕密出口方向追去。貝舒不停吹著哨子，哨聲響徹雲霄。

梅拉瑪兄妹倚著窗，焦急看著警方的行動。

愛蘭緹嘆氣道：「艾納里及法傑霍不會被抓住吧？眞是太可怕了。」

「不，」吉蓓特難掩不安地說：「不會的。天色漸漸暗了，警察找不到人的。」

儘管法傑霍犯下竊盜案，三人仍希望他能順利逃走，而在他們眼中，人品毫無瑕疵的艾納里雖是個怪怪的冒險家，最好也能全身而退。艾納里爲了解開謎團，費盡心血，使他們不能不選擇站在他這邊，共同對抗警方。

過了一分鐘，愛蘭緹又說：「他們若眞被逮捕，就太可怕了。應該不可能發生吧？」

「不可能！」她身後傳來愉快的聲音。「警方抓到他們的機率，比找出根本不存在的地下通道還小。」

舊私人會客室又打開了，法傑霍跟在艾納里身後出來。

艾納里笑個不停，心情顯然很好！

「沒有祕密出口，沒有會移動的隔板，也沒有門鎖機關！這間老屋子根本沒變，也沒裝什麼機關。我只是稍微刺激貝舒，然後他就失去理智，輕易被矇騙過去。」

接著，他冷靜地對安東尼・法傑霍說：「你看，法傑霍，這跟演戲一樣，事前必須排練準備，準備周全後就只管全力演出，這樣，貝舒才會像彈簧般跳腳，飛快地衝向我要他去的地方，現在所有的警察正都趕往隔壁馬廄，然後會破壞馬廄的門。他們穿過草坪了。來吧！法傑霍，沒時間浪費了。」

艾納里態度冷靜，保證任何騷動紛亂都無法靠近他。危機看來已經遠離。外頭傳來呼喊貝舒的聲音，他的手下正往小路搜索，並砸毀馬廄大門。

伯爵握著艾納里的手，問：「先生，還有什麼我能效勞的嗎？」

「不，伯爵先生。再過一、兩分鐘，等那票人走了，我們便能離開。」

艾納里向吉蓓特鞠躬，她也遞出手。

「您爲我們做的，再多的感謝都不夠，先生。」她說。

「不止這樣，您還保住了梅拉瑪家族及這個姓氏的名譽，」伯爵說：「我衷心向您致上謝意。」

「再會，我的小愛蘭緹，」艾納里說：「法傑霍，向她道別吧！將來她寫信給你時，會寫著『住在布宜諾賽利斯的出納員安東尼．法傑霍』。」他從桌子抽屜拿出一個用橡膠蓋著的小紙盒，什麼用意他沒多說，他最後一次說完再見，便帶著法傑霍離開，兩人在梅拉瑪兄妹和年輕女孩目送下離去。

大廳沒人，夜色雖暗，仍能看到院子裡停了兩輛汽車，其中一輛是警車，上頭坐著遭綑綁的馬丁父女。馮烏朋坐在司機旁邊，拿著左輪手槍監視他們。

「大獲全勝！」艾納里叫道，走到馮烏朋旁邊，「我們在壁櫥裡逮到一名共犯，就是他偷走鑽石的，貝舒和他的人追上去了。」

「那鑽石呢？」馮烏朋信以爲眞。

「法傑霍找到了。」

「找到了？」

「對。」艾納里肯定地說，拿出他剛從抽屜取出的紙盒，稍微打開盒蓋。

「天啊！我的鑽石！給我。」

「沒問題，不過有條件，我們得先幫安東尼。你開車載我們走吧！」

從聽說找到鑽石那一刻起，馮烏朋什麼都願意配合。三人離開庭院，跳上馮烏朋的車，他立刻發動引擎。

「上哪去？」他問。

「比利時，時速一百公里。」

「好。」馮烏朋回答，邊搶走艾納里手上的盒子，放進衣袋。

「隨便你，」艾納里說：「可是，如果我們不能在警方電報到達海關前穿越邊界，我會拿回鑽石，你最好有心理準備。」

馮烏朋心繫口袋裡鑽石的安全，艾納里當真要拿回鑽石，他可是一點辦法也沒有。心慌意亂的馮烏朋不作二想，狂催油門，全速前進，即使經過小村落也沒減速，終於通過邊界。

他們抵達目的地時，剛過午夜十二點。

「在海關兩百公尺前停車。」艾納里說：「我帶法傑霍過去，以免他遇到什麼麻煩，一點時回來跟你會合，我們再一起回巴黎。」

馮烏朋等到一點，又等到兩點，終於驚覺不對勁。他把離開庭院之後發生的事想了一遍，突然想通艾納里的企圖。他想到自己死命保護不讓任何人搶走的盒子，才一秒瞬間，他就想到盒子裡放的恐怕不是鑽石，而是別的東西。

在路燈下，他雙手顫抖地打開盒蓋。盒子裡放了十幾個切割過的水晶，明顯是來自那個損壞的吊燈……

馮烏朋照原路火速返回巴黎，他知道自己上了艾納里和法傑霍的當，被利用來載他們離開法國。如今拿回鑽石的希望渺茫，只能指望老馬丁和他女兒洛荷絲能說出些什麼。

但是一回到巴黎，他就看到報導，前一晚，老馬丁上吊身亡，女兒洛荷絲則服毒自殺。

尾聲：愛蘭緹與尚恩

Epilogue

事件落幕了，此案令社會大眾印象最深的，莫過於馬丁父女雙雙自殺，終結了漫長的悲劇。雖然民眾對案情都知道個梗概，但仍有引起大家好奇討論的地方。幾個禮拜以來，人們熱烈討論著馬丁父女自殺案；兩名歹徒的死，不但爲案情劃下句點，也使百年來多次造成悲哀傷痛的謎團水落石出，更讓梅拉瑪家族就此終結命中注定的長久磨難。

貝舒警長並沒有因爲破案而獲得表揚或升官，這點的確頗令人意外，但也無啥好奇怪，因爲大家都把功勞歸於尚恩．艾納里，也就是怪盜亞森．羅蘋。總之，媒體與警方咸認這兩個名字指的是同一個人物。羅蘋很快成爲此案的大英雄，他查明歷史懸案，解開了兩棟宅邸的祕密，並揭穿瓦蕾莉家族的故事，進而揪出罪犯，拯救梅拉瑪兄妹。反觀貝舒，則淪爲無關緊要、荒謬可笑的角色，他跟討人厭的馮烏朋一樣遭羅蘋捉弄，羅蘋能順利逃往比利時邊境，虧他倆出了不少力。

人們又比媒體及警方想的更多，馬上就聯想鑽石失蹤與怪盜亞森・羅蘋脫不了干係。因爲羅蘋的計畫周全成功，肯定什麼都想到了，鑽石自然是進了他的口袋。聽來似乎不無道理，雖然貝舒、馮烏朋和梅拉瑪兄妹均無目睹羅蘋偷竊，民眾依舊深信不疑，鑽石再度失竊也爲此案劃下耐人尋味的句點。

貝舒這廂怒不可遏，他沒意識到自己是精明反被精明誤，無論人們如何評論此案，他就是不覺得自己有問題。但他還是跑去馮烏朋家，極盡所能的責備挖苦。

「看吧！我早就警告您了！那惡魔找得到鑽石，但您就是甭想看到東西。努力了半天，全是幫他抬轎，每次都這樣。他願意跟警方合作，竭力提供協助，開啓每道線索之門，我承認多虧他，最後才能破案，但他也帶著贏得的賭金一溜煙逃逸無蹤。」

馮烏朋臥病在床，全身無力。「該死，所以呢？要找到鑽石很困難囉？」

貝舒承認自己有心無力，低聲下氣地勸說：「還是認了吧！您拿這人沒辦法的。他精力充沛，每次計畫裡總有出其不意的花招。您瞧，他騙我馬丁家有祕密通道，來個調虎離山之計，不費吹灰之力就逃脫了，眞了不起！所以，鬥不過他的，我個人是放棄了。」

「很好！可是我還沒有！」馮烏朋嚷著，掙扎地想起身。

貝舒對他說：「問您一句話，馮烏朋先生，失去鑽石會讓您破產嗎？」

「不會。」他倒也坦白。

「那就對了，滿足您現有的財寶吧！聽我的，別再念著鑽石了，您永遠見不到啦！」

「說我再也見不到鑽石，還叫我放棄？您這什麼爛點子！警方難道不會繼續調查嗎？」

「沒什麼勁兒啦。」

「那您呢？」

「我也不想介入了。」

「法官呢？」

「他打算結案了。」

「這太過分了，憑什麼？」

「馬丁父女已死，我們也沒掌握到足以控告法傑霍的事證。」

「那就全力搜捕羅蘋啊！」

「爲何要這麼做？」

「爲了找他出來。」

「我們找不到羅蘋。」

「假如去愛蘭緹．瑪佐拉家附近找找呢？羅蘋對她一見傾心，應該會在她家附近現身。」

「這我們有料想到，也派人監視了。」

「就這樣？」

「愛蘭緹失蹤了，應該是出國與羅蘋會合。」

「該死，我也太倒楣了吧！」馮烏朋大叫。

*　　　*　　　*

愛蘭緹沒有失蹤，也沒與羅蘋碰面，但因心情尚未平復，暫時無法回服飾店上班。她正待在巴黎附近一幢美麗的小屋休養，那兒群樹環繞，往下一直延伸到塞納河，則是整片花海。

原來是有一天，愛蘭緹前去拜訪雷吉娜・奧布里，為之前無謂的遷怒向美麗的女演員致歉。最近雷吉娜正全心投入一齣大戲，準備在時裝劇中扮演長舌婦角色。兩位年輕女士互相擁抱，雷吉娜發現愛蘭緹臉色蒼白，面露愁容，她沒多問，只是建議愛蘭緹到自己的別墅休養。

愛蘭緹立刻就接受了，回家告知母親，第二天即到梅拉瑪府辭行。現在的梅拉瑪府在艾納里驅除神祕恐怖的陰影後，洋溢著幸福愉快的氛圍，過往陰霾一掃而空，兄妹兩人開始計劃重新裝潢，讓雲飛路老家恢復生命力。當晚，愛蘭緹便低調搭車離去。

兩個禮拜過去了，愛蘭緹過著悠閒平靜的生活，這樣的寧靜與穩定讓她重拾朝氣，在六月陽光的拂照下，氣色也紅潤起來。身邊有信得過的僕人打理一切，她一步也沒走出花園，每天就坐在塞納河邊的長椅，躲在群花綻放的椴木樹下作白日夢。

塞納河上，偶爾會有載著情侶的小船經過，另外，幾乎每天都有一位老農夫來釣魚，他總把船繫在附近河岸邊，停在滿是淤泥的岩石間。愛蘭緹會去找他聊天，一邊看著釣餌隨著漣漪起舞，她也愛看在他那頂吊鐘形大草帽底下的側臉，有著鷹勾鼻及稻草般的落腮鬍。

一天下午，當她走近小船，老農夫打了個暗號示意她別出聲，她便靜靜地坐在他旁邊，只見長長的釣竿那頭，魚餌被拉下去又彈上來。有一條魚在咬釣餌，魚兒大概起了疑心，木陀螺又靜止下來。

愛蘭緹開心地對同伴說：「今天不太順利耶？一無所獲。」

「您說錯了，是滿載而歸，小姐。」他輕聲說。

「但是，」愛蘭緹指著甲板上空空的魚簍，「您沒抓到半條魚。」

「有的。」

「抓到什麼？」

「一位可愛迷人的小愛蘭緹。」

一開始她沒聽懂，還以爲他把愛蘭緹說成「艾伯特魚」，可是他怎麼知道她的名字？

他又說了一次，確實不是口誤。「一位美麗的小愛蘭緹，她剛剛上鉤了……」

她恍然大悟，是尚恩・艾納里！他大概是和老農夫講好，向他借船一天。

她滿臉驚訝，結結巴巴地說：「您！是您！您怎麼來這兒？喔！我求您快走吧！」

他摘下頭上的大草帽，笑著說：「爲何要我走，愛蘭緹？」

「我很怕，拜託您……」

「怕什麼？」

「有人在找您！我巴黎的家附近一直有人監視！」

「所以妳才消失？」

「沒錯，我很害怕！我不希望您因爲我掉進陷阱。快走吧！」

她很憂慮，抓著他的手，淚眼婆娑。

他柔聲道：「放心。他們開始覺得找到人的機會很低，應該很快就不找了。」

「但在我身邊就會被找到。」

「爲何他們認爲在妳身邊就能找到我？」

「因爲他們知道……」

愛蘭緹霎時滿臉通紅，艾納里替她把話說完：「因爲他們知道我愛妳，見不到妳就活不下去，對嗎？」

她退坐在長椅上，艾納里的冷靜令她安心，現在她不怕了。

「別說了，別再提這事，不然我只有離開。」

他們四目交接，望著彼此。她驚訝地發現，艾納里很年輕，比之前看到時年輕許多。他身穿老農夫的工作服，露出脖子，看起來年紀跟她差不多。

艾納里有點遲疑，愛蘭緹凝望的眼神突然變得嚴肅，她在想什麼？

「妳怎麼了，我的小愛蘭緹？似乎不高興見到我？」

她沒回答。他又說：「說吧！我知道妳我之間怪怪的，可我實在猜不出原因。」

她不苟言笑，語氣不再像小女孩般天真，而是換上成熟女人的口吻，態度上也顯得保留。她開口道：「我只問一個問題，您爲什麼來？」

「爲了見妳。」

「不只這樣吧？」

他沉默半晌，隨即承認：「是的，沒錯，愛蘭緹，還有別的原因，我這就告訴妳。揭穿法傑霍後，等於打斷妳的計畫，那些幫助女性同胞的美好計畫以及行善的夢想，我有義務幫妳想辦法，繼續努力。」

她心不在焉，她想聽的不是這個。

等艾納里說完，她又問：「是您拿走鑽石的，對嗎？」

他擠出了幾句話：「啊！妳就擔心這個，愛蘭緹，爲什麼不跟我說？」

他露出一抹曖昧的笑容，忍不住顯出頑皮本性。

「是我沒錯。揭穿安東尼前一晚，我已先在吊燈裡找到鑽石。但爲了以偷竊鑽石的罪名控告馬丁父女，我認爲隱瞞才是上策。在這個案件裡，人們對我的定位再清楚不過，我相信不會有人猜出眞相。愛蘭緹，實話讓妳不開心嗎？」

年輕女孩繼續說：「您會歸還這些鑽石嗎？」

「還給誰？」

「馮烏朋。」

「馮烏朋？等下輩子再說！」

「鑽石是他的。」

「不是。」

「怎麼會……」

「鑽石是馮烏朋在幾年前的某次旅行中，從一位住在君士坦丁堡的老猶太人那兒偷來的。我有證據。」

「就算這樣，鑽石也該還給那位猶太人。」

「那人丟了鑽石，在走投無路、萬念俱灰中嚥氣而死。」

「那麼，他的家人呢？」

「他沒有家人，也查不出他的名字及出生地。」

「這麼說來，您打算佔爲己有？」

「當然！難道我沒資格嗎？」艾納里忍住笑，他很想這麼回答，不過他還是說：「愛蘭緹，從頭到尾，我想做的只有查明眞相、拯救梅拉瑪兄妹及揭發安東尼・法傑霍這小子，讓他離開妳。至於鑽石，就用來完成妳的慈善事業，及所有妳提過的夢想藍圖。」

她搖搖頭表示：「我不要，我什麼都不要。」

「爲什麼？」

「因爲我已經放棄所有的理想。」

「怎麼可能？妳氣餒了？」

「不，我認眞想過了，我發覺自己太躁進，不過小小成功了幾次就沾沾自喜，只顧著讓別人覺得我很行。」

「爲什麼這樣想？」

「我還太年輕，應該先工作再行善。以我的年紀，還不到那個火候。」

尙恩・艾納里走到她身邊。

「愛蘭緹，妳是因爲不想要這筆錢才拒絕的嗎？還是妳在怪我？也沒錯！妳個性耿直，聽到別人對我的某些說法，心裡一定犯疙瘩，加上有些事我也沒老實說……」

她激動地叫道：「拜託您別說，我什麼都不知道，也不想知道。」

顯然，尙恩・艾納里的神祕色彩讓她困惑苦惱。她渴望知道眞相，卻又不想打破那一層令她又愛又怕的神祕感。

「妳不想知道我的眞實身分？」他問。

「我已經知道了，尙恩。」

「那麼我是誰？」

「您是那天晚上帶我回家、親吻我臉頰的人，那份溫柔體貼，我永遠也不會忘記。」

「妳說什麼，愛蘭緹？」艾納里忍不住激動地問。

她又紅了臉，但眼神並未閃躲，她說：「我說的是再也藏不住的情感，我說的是心有所屬的喜悅，我不害羞承認，因爲那是眞心話。我眼中的尙恩就是這樣，其他都不重要。」

他喃喃自語：「愛蘭緹，所以妳愛著我？」

「對。」她說。

「妳愛我……妳愛我……」他反覆說著，這番告白似乎令他手足無措，頻頻試著理解這三個字的涵義。「妳愛我……難道這就是妳藏在心底的祕密？」

「天啊！沒錯，」她微笑著說：「如同梅拉瑪府藏著巨大的祕密，您總說愛蘭緹難以捉摸，其實她不過是揣著愛情的祕密。」

「爲何妳從不承認？」

「我無法相信您，您跟雷吉娜那麼要好！跟梅拉瑪女爵也有說有笑！尤其是雷吉娜，我好嫉妒她，我故作堅強，其實內心難過得要命，當時眞想死了算了，所以才對她發了一次脾氣。但她不知道原因何在，您也不知道，尙恩。」

「可是我沒愛過雷吉娜！」他叫道。

「我以爲您愛啊，絕望之下，便賭氣接受安東尼．法傑霍的追求。尤其，他又說了不少您跟雷吉娜的閒話。直到在梅拉瑪府與您再次相遇，我才終於明白。」

「妳明白我愛妳，是嗎？」

「是呀，我好幾次都這麼覺得。您在眾人面前口口聲聲說愛我，我總算信服絕對不假，因爲您所做的一切、所遭遇到的危險，難道不都是爲了我？您只要帶我離開安東尼，就等於贏得我的心。可是當時太遲了，發生那麼多事，我實在身不由己……」

愛蘭緹句句柔情蜜意的告白，讓艾納里越來越難掩激動。

「輪到我害怕了，愛蘭緹。」

「怕什麼呢，尙恩？」

「怕太幸福了，還怕妳會得不到幸福，愛蘭緹。」

「爲什麼我不會幸福？」

「因爲我無法給予妳該得的，我的小愛蘭緹。」他低聲說：「艾納里不會結婚……巴內特也不會……還有……」

她摀住他的嘴，她不想聽到亞森・羅蘋這個名字，巴內特這三個字也讓她不自在，或許連艾納里都令她感到彆扭。對她來說，他就叫做尚恩。

她說：「那麼，愛蘭緹・瑪佐拉也不結婚。」

「不，不！妳如此甜美可愛，我沒有權利浪費妳的青春。」

「您沒有浪費我的青春，尚恩。未來如何我不在乎。不，別提未來，把握當下就好，只管畫個圈把我們圍繞……一個友誼的圈。」

「妳指的應該是愛情吧！」

她卻強調：「別再談我們的愛情。」

「那該談什麼呢？」他露出不安的微笑，愛蘭緹的一言一句，都牽動著他的苦與樂。「我們要談什麼？妳希望我怎麼做？」

她低聲說：「首先，尚恩，別再用『妳』稱呼我。」

「這太可笑了！」

「是的，用『妳』相稱，太親密了！我還希望……」

「妳希望我們保持距離，愛蘭緹？」艾納里揪緊了心。

「正好相反，我們應該像朋友一樣保持聯繫，尚恩。不過，就是那種相敬如賓，認識再久也不會用『你』相稱的朋友。」

他嘆氣道：「妳這要求未免太難了吧？妳不再是……您不再是我的小愛蘭緹了？好吧！我試試看。還有別的嗎？」

「還有一個冒昧的請求。」

「請說。」

「再待幾個禮拜吧！尚恩。一起去渡個假，兩個月或三個月，好好放鬆一下，可以嗎？我們去美麗的國家旅行，假期結束後，我會返回工作。我需要這樣的假期……這樣的幸福……」

「我的小愛蘭緹……」

「您怎麼面無表情呢，尚恩？我好怕，我不過是個模特兒兼小裁縫，竟敢提出這樣的請求！您一定不願意浪費時間陪我旅行，陪我在月光下散步，陪我在夕陽前流連？」

艾納里臉色發白，他凝視年輕女孩嬌豔欲滴的雙唇、玫瑰色的臉頰、圓潤的肩膀及勻稱的身材。他能抗拒與愛人溫存的遐想嗎？從愛蘭緹清澈的眸子裡，他看到只求純潔友誼的美好冀望，這對相愛的戀人來說，多麼難保有啊！但他也察覺愛蘭緹不想考慮太多，也不去想該怎麼做，她的請求如此眞誠無邪，那麼，他也不打算掀開未來的神祕面紗。

「您在想什麼，尚恩？」她問。

「想兩件事，首先是鑽石。我留著鑽石，您會不高興嗎？」

「很不高興。」

「那我把鑽石還給貝舒，這樣他會因尋獲鑽石而有功，算是我給他的補償。」

她表示感謝，然後問：「另一件事呢？」

他嚴肅地說：「是個可怕的問題，愛蘭緹。」

「什麼？您嚇到我了，很嚴重嗎？」

「不，不嚴重，但還是得解決。」

「關於什麼的？」

「關於我們的旅行。」

「什麼意思？不可能成行嗎？」

「不，但是……」

「噢！快說吧！拜託您！」

「好吧！愛蘭緹，是這樣的，我們該換穿什麼衣服好呢？瞧我穿著絨布襯衫、藍色工作服，還戴了頂草帽，而您穿著皺巴巴的洋裝。」

她哈哈大笑。「啊！您眞是的，尚恩，我就是愛您開朗風趣這一點！偶爾，有人會打量您，說『他神祕得讓人摸不透』，因而感到害怕。但您的笑聲，讓害怕一掃而空。您在哪裡，哪裡就充滿歡笑。」

他彎下腰，禮貌地親吻她的指尖，然後說：「我的愛蘭緹，旅行已經開始囉！」

她吃了一驚，發現河岸邊的樹木正往後退，她沒注意到艾納里已解開纜繩，小船開始前行。

「噢！」她說：「我們去哪兒？」

「很遠的地方，很遠很遠。」

「這可不行！如果我沒回去，別人會怎麼說？怎麼向雷吉娜說明？這船也不是您的！」

「儘管放心吧！放輕鬆點，是雷吉娜告訴我您休養的地點。而且，我已經買下這艘船、草帽跟釣竿，一切安排妥當。既然想旅行，何必拖延呢？」

愛蘭緹不再說話，躺下來仰望天空。他抓住船槳。一小時後，他們慢慢划近一艘駁船，有位年長婦人正在船上等待，艾納里介紹道：「維克朵娃，我的老奶媽。」

船早已整理妥當，裡面隔出兩間明亮、精緻的房間。

「愛蘭緹，這邊是您的房間，就當自己家吧！」

他們共進晚餐，然後尚恩．艾納里下令起錨，引擎聲轟隆作響。他們將經過小河及運河，駛向古老的村莊，投向法蘭西秀麗美景的懷抱。

夜深時候，愛蘭緹獨自躺在甲板上，對著繁星明月傾訴美妙衷曲，訴說她心底的夢想，滿是喜樂……

國家圖書館出版品預行編目資料

奇怪的屋子／莫里斯・盧布朗（Maurice Leblanc）著；吳欣怡譯.
——初版.——臺中市　：好讀, 2011.09
面：　公分，——（典藏經典；41）

譯自：La Demeure mystérieuse

ISBN 978-986-178-199-0（平裝）

876.57　　100010999

好讀出版

典藏經典41

奇怪的屋子

原　　著／莫里斯・盧布朗
翻　　譯／吳欣怡
總 編 輯／鄧茵茵
文字編輯／林碧瑩
美術編輯／許志忠
行銷企畫／陳昶文
發 行 所／好讀出版有限公司
台中市407西屯區何厝里19鄰大有街13號
TEL:04-23157795　FAX:04-23144188
http://howdo.morningstar.com.tw
（如對本書編輯或內容有意見，請來電或上網告訴我們）
法律顧問／陳思成律師

戶名：知己圖書股份有限公司
劃撥專線：15060393
服務專線：04-23595819 轉230
傳眞專線：04-23597123
E-mail：service@morningstar.com.tw
如需詳細出版書目、訂書、歡迎洽詢
晨星網路書店 http://www.morningstar.com.tw

印刷／上好印刷股份有限公司 TEL:04-23150280
初版／西元2011年9月15日
初版三刷／西元2017年03月20日
定價：220元
如有破損或裝訂錯誤，請寄回台中市407 工業區30 路1 號更換（好讀倉儲部收）

Published by How-Do Publishing Co., Ltd.
2011 Printed in Taiwan

ISBN 978-986-178-199-0

讀者回函

只要寄回本回函，就能不定時收到晨星出版集團最新電子報及相關優惠活動訊息，並有機會參加抽獎，獲得贈書。因此有電子信箱的讀者，千萬別吝於寫上你的信箱地址

書名：奇怪的屋子

姓名：＿＿＿＿＿＿＿ 性別：□男 □女 生日：＿＿年＿＿月＿＿日

教育程度：＿＿＿＿＿＿＿＿＿＿＿＿

職業：□學生 □教師 □一般職員 □企業主管

□家庭主婦 □自由業 □醫護 □軍警 □其他＿＿＿＿＿＿＿＿＿＿

電子郵件信箱（e-mail）：＿＿＿＿＿＿＿＿＿＿ 電話：＿＿＿＿＿＿＿

聯絡地址：□□□＿＿＿＿＿＿＿＿＿＿＿＿＿＿＿＿＿＿＿＿＿＿

你怎麼發現這本書的？

□書店 □網路書店（哪一個？）＿＿＿＿＿＿＿＿ □朋友推薦 □學校選書

□報章雜誌報導 □其他＿＿＿＿＿＿＿＿＿＿＿＿＿＿＿＿＿＿＿＿

買這本書的原因是：＿＿＿＿＿＿＿＿＿＿＿＿＿＿＿＿＿＿＿＿＿

□內容題材深得我心 □價格便宜 □封面與內頁設計很優 □其他＿＿＿＿＿＿

你對這本書還有其他意見嗎？請通通告訴我們：

＿＿＿＿＿＿＿＿＿＿＿＿＿＿＿＿＿＿＿＿＿＿＿＿＿＿＿＿＿＿＿

你希望能如何得到更多好讀的出版訊息？

□常寄電子報 □網站常常更新 □常在報章雜誌上看到好讀新書消息

□我有更棒的想法＿＿＿＿＿＿＿＿＿＿＿＿＿＿＿＿＿＿＿＿＿＿＿

是否能與我們分享您嗜好閱讀的類型呢？

□文學/小說 □社科/史哲 □健康/醫療 □科普 □自然 □寵物 □旅遊 □生活/娛樂 □心理/勵志 □宗教/命理 □設計/生活雜藝 □財經/商管 □語言/學習 □親子/童書 □圖文/插畫 □兩性/情慾 □其他

我們確實接收到你對好讀的心意了，再次感謝你抽空填寫這份回函，請有空時上網或來信與我們交換意見，好讀出版有限公司編輯部同仁感謝你！

好讀的部落格：http://howdo.morningstar.com.tw/

好讀的粉絲團：https://www.facebook.com/howdobooks

填寫本回函，代表您接受好讀出版及相關企業，不定期提供給您相關出版及活動資訊，謝謝您！

請填妥後對折黏貼，直接投郵即可，無須貼郵票。

好讀出版有限公司　編輯部收

407 台中市西屯區何厝里大有街13號
電話：04-23157795-6　傳眞：04-23144188

沿虛線對折

購買好讀出版書籍的方法：

一、先請你上晨星網路書店http://www.morningstar.com.tw檢索書目或直接在網上購買

二、以郵政劃撥購書：帳號15060393 戶名：知己圖書股份有限公司並在通信欄中註明你想買的書名與數量

三、大量訂購者可直接以客服專線洽詢，有專人爲您服務：
客服專線：04-23595819轉230 傳眞：04-23597123

四、客服信箱：service@morningstar.com.tw